HUIT JOURS A PARIS

8°²
(o denne

(257

HUIT JOURS

A PARIS

— SEPTEMBRE 1875 —

ORLÉANS

IMPRIMERIE DE GEORGES JACOB

4, CLOÎTRE SAINT-ÉTIENNE, 4

—

1875

HUIT JOURS A PARIS

— SEPTEMBRE 1875 —

D'Orléans à Paris.

Depuis deux ans, lecteurs amis, j'ai la douce habitude de parcourir pendant une partie de mes vacances quelque coin de notre beau pays, et l'habitude plus douce encore de vous offrir au retour le récit de mes impressions, au moment où la rentrée nous ramène à nos travaux communs. Différentes circonstances m'ont empêché cette année d'entreprendre une excursion lointaine; des nécessités de service, l'impossibilité de me permettre avant le mois de septembre une absence régulière, me retenaient à mon poste. D'un autre côté, il était un voyage que depuis longtemps les enfants, ou pour mieux dire Edmond, réclamaient avec instance. A notre époque de déplacements faciles et de villégiature universelle, il n'est guère permis, en effet, de dépasser l'âge de quinze ans sans avoir visité Paris. En vain, sur les bords de la mer, on aura vu la vague étinceler aux rayons du soleil du midi, et les voiles blanches disparaître à l'horizon lointain; en vain, au milieu des Pyrénées, on aura admiré les vallées verdoyantes, les rapides torrents, les pics inaccessibles que fréquentent les aigles; en vain, par la méditation de ces merveilles, on aura appris à adorer d'un esprit plus docile, à aimer d'un cœur plus reconnaissant le Dieu créateur de toutes choses; et au retour il aura été donné à l'heureux voyageur de raconter à ses condisciples ce qu'il aura pu voir, peut-être aussi un peu ce qu'il n'aura pas vu. Non, tout cela ne suffira pas : tant que, dans une conversation où il sera question de Paris, on n'aura pu placer son mot, on se trouvera dans un état d'intolérable infériorité, au séminaire comme au lycée, sous les frais ombrages de La Chapelle comme ailleurs. Cela ne pourra durer : Paris, il faudra voir Paris.

Ce projet, je l'avoue, me souriait fort peu; il y a bien longtemps que pour la première fois la Seine m'est apparue, et je ne me suis jamais senti pour les bords peu fleuris qu'elle arrose un attrait bien vif. Si j'aime voyager, de juillet à septembre, c'est pour me reposer, tout en affrontant beaucoup plus de fatigue physique; or, s'il est facile à Paris de remplir cette deuxième partie du programme, les moyens de satisfaire à la

première y font partout défaut. Ce n'est pas que
j'eusse beaucoup à me délasser des labeurs de l'année ;
chacun sait que pendant les dix mois qui viennent de
s'écouler, Thémis nous a laissé des loisirs dont je ne
me sens pas d'ailleurs la vertu de me plaindre bien fort.
Nos travaux cependant, si diminués qu'ils soient, exi-
gent toujours une certaine tension d'esprit, et sur une
plage quelconque, à défaut du voyage annuel, j'aurais
préféré m'en distraire.

Mais pour ses enfants, que ne fait-on pas avec joie,
et que ne ferait-on pas ? Heureux si en retour ils
vous rendaient à l'état d'unité ce qu'on leur donne
au centuple ! Un voyage à Paris avait d'ailleurs pour
moi l'inappréciable et bien rare avantage d'offrir l'occasion plus facile d'un départ en masse, d'une absence
en famille. Je donnai donc mon assentiment, et le
projet fut arrêté pour le commencement des vacances.
En vue de ce voyage, je manœuvrai durant le mois
d'août de manière à me ménager le temps nécessaire
pour deux excursions auxquelles l'affection nous fait
chaque année une douce obligation de ne pas manquer :
nous allâmes donc passer à Ligny, auprès des aimables
châtelains de la Cour, puis à Cléry, sous le toit du
vénéré chef de la famille, quelques jours dérobés à
l'audience et trop vite écoulés, et, le vendredi 3 septembre, par l'express de huit heures, nous nous met-
tions en route pour la grande ville

C'est quelque chose de bien commode que ce nouveau train du matin : enfant longtemps attendu d'une mère peu féconde, — quand elle ne veut pas l'être, — depuis bien des sessions nos conseils électifs ne se lassaient pas de le réclamer par des vœux répétés ; il nous a enfin été donné, et il faut reconnaître que si la compagnie s'est fait tirer l'oreille, une fois son parti pris, elle a bien fait les choses. Elle semble, en effet, faveur inespérée, avoir accumulé sur ce bienheureux express toutes les facilités dont elle se montre ordinairement si avare ; c'est un vrai train rapide : parti des Aubrais à 8 heures 32, on arrive à Paris à 10 heures 57, après trois légers temps d'arrêt à Toury, Étampes et Bretigny. Deux voitures sont réservées aux voyageurs d'Orléans, qui sont ainsi dispensés de l'ennui de changer de wagon aux Aubrais, pour y trouver les meilleures places occupées. Enfin, privilége aussi rare dans les fastes du réseau d'Orléans que commun sur les autres lignes, le train comprend des voitures de seconde classe. Vraiment, la compagnie nous comble.

Il est vrai qu'en même temps, par une combinaison habile, elle allongeait d'une heure la durée du trajet par le train omnibus du matin, faisant perdre des instants précieux aux infortunés voyageurs dont la bourse n'est pas assez bien garnie pour se permettre le luxe d'une deuxième classe, ou que leurs affaires appellent dans une station à laquelle l'express ne s'arrête pas, comme si en France, autant qu'en Angleterre, le temps n'était pas de l'argent. Et puis, est-ce bien spontanément que la grande compagnie nous a accordé ses tardives faveurs, et surtout à qui les devons-nous? Ne serait-ce pas à la nouvelle organisation militaire qui a donné à Orléans l'importance que chacun sait, bien plus qu'aux vœux de nos représentants? Tours, notre brillante rivale, était au moins aussi intéressée que nous dans la question; et dans la balance que tient le ministre entre les compagnies et les villes, d'une main moins facile peut-être pour celles-ci que pour celles-là, un puissant état-major n'aurait-il pas jeté le poids de sa vaillante épée? Loin de moi, du reste, la pensée de m'en plaindre. Si, à propos d'une aussi mince question, il m'était permis de m'élever à de plus hautes considérations, je ne saurais oublier qu'avec la magistrature et le clergé, l'armée est une des puissances sociales auxquelles la France devra son salut, si elle peut être sauvée. L'armée a même sur ses deux auxiliaires cet immense avantage, qu'à côté de la force morale qui seule leur appartient, elle dispose de la force matérielle qui leur échappe, la principale à une époque aussi troublée que la nôtre, quand elle n'est pas la force aveugle et brutale que proclamaient il y a cinq ans nos implacables ennemis, mais la force dont nos soldats sont les représentants, la force au service de

1.

la justice et du droit. Réservons donc pour des temps plus tranquilles l'antique axiôme : *cedant arma togœ* ; gardons-nous de marchander à l'armée l'influence légitime à laquelle elle a droit, et des trois forces sociales, étroitement unies dans une pensée commune de religion, d'ordre et de sage liberté, formons un faisceau qui ne sera jamais trop solide pour résister aux efforts combinés de la licence, de l'anarchie et de l'incrédulité.

Cependant le train s'ébranle, et après une courte station aux Aubrais, il prend rapidement sa course. En passant devant le monument de la Sablière, nous répandons une larme et une prière sur la tombe de ceux qui sont tombés là victimes du devoir, le 11 octobre 1870, assurant au prix de leur sang la retraite de l'armée. Un peu plus loin, nous rencontrons l'embranchement de Pithiviers, puis les travaux du chemin de fer de Châlons, qui continue à attendre la soudure qui doit le relier à l'artère principale, le trait d'union de quelques mètres qui, en le rattachant à Orléans, lui assurera, dit-il, les recettes sur lesquelles il croit pouvoir compter. Puisse l'événement ne pas donner à cette ligne, comme à tant d'autres, un démenti cruel ! A Cercottes, un modeste monument de granit nous rappelle que là encore le sang français a coulé en abondance dans le fatal hiver de 1870-1871, puis nous atteignons la plaine et ses espaces dénudés : quelques ha-

meaux de distance en distance, des groupes de bâtiments qui sont autant de fermes, des clochers, ces arbres de la Beauce, rompent seuls la monotonie du paysage.

La contrée que nous traversons n'est jamais bien
gaie ; mais à aucune autre époque de l'année, il faut
le dire, elle n'apparait plus triste. Dans deux mois, du
moins, on aura confié à son sol fertile les espérances
d'une récolte future, et la végétation commencera ; au
mois de mai, les trèfles incarnats sèmeront de larges
taches rouges le tapis vert de la plaine ; au mois de
juillet, s'il plaît à Dieu, les épis mûrissants onduleront
au loin, comme les vagues d'un océan jaunâtre, sous
le souffle de ce vent du nord-est qui les nourrit, dit-
on, ou du moins les empêche de fondre aux rayons
brûlants du soleil. Mais aujourd'hui, rien de tout cela.
A perte de vue, des guérets plus ou moins défoncés
par la charrue, une terre en apparence aride ; pas même,
cette année, nous le constatons avec regret, autour des
fermes, de ces meules de grains ou de fourrages qui,
suppléant aux granges déjà pleines, annoncent que le
laboureur a vu ses efforts récompensés par une abon-
dante récolte. Il m'a été donné de parcourir des pays
bien divers ; aucun, je crois pouvoir le dire, ne saurait, sous le rapport du pittoresque, être comparé à la
Beauce. Si les sapins des Landes, si les pacages de la
Bretagne ont souvent un aspect misérable, il s'en exhale

un parfum de résine, une âcre odeur de genêts et d'a-
joncs que l'on aime à sentir. Les oliviers de la Provence
eux-mêmes, avec leur feuillage triste et sombre, répandent sur le paysage une teinte de mélancolie qui
ne manque pas d'un certain charme. Rien, au contraire,
en Beauce, qui ait un cachet quelconque. Qu'il soit
bien entendu, toutefois, qu'ici c'est uniquement le touriste qui parle : tout autre probablement serait le langage du propriétaire exactement payé d'un opulent fer-
mage.

A droite de Château-Gaillard, nous apercevons un
clocher élancé : c'est la flèche de Tivernon, l'une des
premières en date de ces élégantes églises qui depuis
trente ans se sont élevées si nombreuses dans nos cam-
pagnes, sous l'impulsion féconde des représentants de
l'Église et de l'État, mise en œuvre par de conscien-
cieux et habiles architectes. Deux semaines plus tard
devait se dresser dans cette même plaine une statue
monumentale du Sacré-Cœur, due à la piété généreuse
d'une famille dont le chef a été l'un de nos plus aimables collègues. Au droit de Toury, à gauche, une
tour massive nous annonce Janville ; plus loin, toujours à gauche, au-delà de Monnerville, de hautes che-
minées nous signalent Pussay, cette oasis industrielle
égarée au milieu des champs de la Beauce ; puis nous
pénétrons dans les profondes et sinueuses tranchées
où, par des rampes rapides, le train, mû par la seule

impulsion de la vitesse acquise, descend du bassin de la Loire dans celui de la Seine.

Creusées à grands frais dans un terrain pierreux, afin de gagner la différence de niveau considérable que la nature a faite entre les deux vallées, et de permettre à la voie de parcourir sur un long palier à niveau le plateau de la Beauce, ces pentes offrent vers Paris une déclivité assez grande pour que les trains qui les remontent dans la direction d'Orléans marchent péniblement, comme s'ils quittaient avec regret, pour les plaines monotones qu'ils vont atteindre, les riants paysages qu'ils viennent de traverser jusqu'à Étampes : les express eux-mêmes subissent un ralentissement notable. Pour franchir ces rampes, on attelait autrefois à tous les trains ascendants une machine de renfort qui les quittait une fois arrivés au sommet. La compagnie, toujours économe, a supprimé cette nécessité : elle se borne à dédoubler sur cette partie du parcours les convois de marchandises les plus pesamment chargés ; mais il n'en résulte pas moins pour elle, à ce qu'il paraît, de cet état de choses, une aggravation de dépense considérable, tant par suite de la précaution que je viens d'indiquer qu'à raison de l'augmentation de pression qu'il faut donner aux machines remorquant les autres trains, et les voyageurs ont l'ennui de mettre vingt-cinq minutes à faire moins de dix kilomètres.

Je ne dirai que fort peu de chose d'Étampes : tout

le monde sait la charmante apparition qui en surgit,
au sortir des tranchées rocailleuses : les rivières qui
y donnent la vie à d'opulents moulins ; les deux viaducs élevés sur lesquels on franchit ces gracieux cours
d'eau ; la route nationale qui surplombe la voie de fer,
le boulevard qui la borde ; la coquette petite ville,
enfin, avec ses deux clochers, et en face, à gauche, sur
la colline escarpée qui domine la gare, une vieille tour
en ruines. De là jusqu'à Juvisy, les vallons boisés,
les parcs ombreux, les riches habitations se succèdent
aux quatre points de l'horizon, qu'encadrent des hauteurs. Des amas de pavés de grès restés sans emploi
nous font voir que le granit de Bretagne fait au produit d'Étampes, moins solide et moins dur, une con-
currence qu'il ne connaissait pas naguère. A la vue de
Chamarande me vient aux lèvres le nom de M. de
Persigny ; je me rappelle que c'est à ce châtelain du
lieu, devenu le ministre de celui pour lequel il avait
été, si je ne me trompe, en des jours moins prospères,
le compagnon de sa captivité, que la petite localité a
dû sa station et la gendarmerie aux volets verts qui
borde la voie. M. de Persigny a disparu, son maître
est allé le rejoindre ; mais leur bienfait demeure, et
Chamarande continue à en jouir, insoucieusement
peut-être. Que voulez-vous ? les ministres tombent,
les stations restent, et les gendarmes aussi, heureu-
sement, et puissent-ils subsister toujours ! Mais je n'en

dirai pas autant de ces stations infinitésimales qui
pullulent aujourd'hui. Une fois établies, même sur les
grands réseaux (je ne parle pas des petites lignes;
c'est le seul moyen qu'elles aient de faire semblant de
vivre), au grand désespoir des voyageurs en train
omnibus, il nous faut les subir, semblables, serais-je
tenté de dire, à tant d'institutions que je pourrais
nommer, proclamées du haut d'une barricade en un
jour d'insurrection triomphante, ou à ces concessions
qu'a la faiblesse de faire un gouvernement aux abois :
dès qu'elles ont été introduites dans le code politique
d'un peuple, elles ne peuvent être déracinées sans
que leur chute provoque de nouvelles tempêtes ; nous
en savons en France quelque chose.

Nous arrivons ainsi à Brétigny, où se détache de la
ligne principale le second chemin de Paris à Tours,
imposé à la compagnie, par Châteaudun et Vendôme ;
puis à Épinay, le véritable Épinay-sur-Orge, celui-là,
grossièrement confondu, dans une proclamation trop fameuse, avec Épinay-sur-Seine, de l'autre côté de Paris,
et où, j'aime à le croire, l'ancien dictateur de 1870 ne
passe jamais sans de cruels remords; plus loin, à Savi-
gny, où l'on jette un rapide coup d'œil sur le château
du prince d'Eckmülh ; à Juvisy enfin, où se raccordent,
par Villeneuve-Saint-Georges d'un côté, par Corbeil
de l'autre, les deux lignes d'Orléans et de Lyon. C'est
là qu'apparaît pour la première fois la Seine, ce fleuve

qui ne serait qu'une rivière infime, s'il n'avait pas la bonne fortune d'arroser une capitale; puis on la perd de vue pour la retrouver à Choisy. Je revois telle qu'elle était jadis cette importante localité, que j'avais traversée en juin 1871, portant sur ses usines désertes, ses maisons sans fenêtres et ses jardins dévastés, les traces des combats qui s'y étaient livrés, et du séjour des Prussiens. Nous touchons bientôt à la longue suite de ces immenses chantiers qu'entretient à Ivry la compagnie d'Orléans. Un fort, puis l'enceinte continue, nous présentent leurs bastions aujourd'hui pacifiques, qui m'étaient apparus il y a quatre ans, garnis encore de formidables engins, de pièces de marine, de fascines, de poudrières et de casemates improvisées. On ne dirait pas, vraiment, à voir ces environs de Paris redevenus si riants et si eux-mêmes, si je puis ainsi parler, qu'il y a bien peu de temps encore, la guerre étrangère et, chose cent fois plus effroyable, la guerre civile y promenaient leurs sanglantes fureurs. Nous franchissons sans nous y arrêter la dernière station, Orléans-Ceinture, un de ces noms composés nouveaux, de ces assemblages barbares qui n'appartiennent qu'à notre langage positif moderne. La gare se présente enfin, avec ses vastes espaces, son élégante charpente en fer, son personnel nombreux et empressé : nous sommes à Paris.

Paris. — Notre-Dame-des-Victoires. — Notre-Dame de Paris.

Paris ! quel mot magique ! et que d'impressions di-
verses il soulève chez celui qui, pour la première fois,
y pose le pied de quinze à vingt-cinq ans! A quinze
ans, c'est l'enthousiasme naïf, l'admiration irréfléchie
et préconçue. Les magnificences matérielles absorbent
l'attention. Souvent même, il se produit ce phénomène
que la réalité reste au-dessous de ce que s'était pro-
mis l'imagination. On a tellement entendu vanter les
splendeurs qu'on va voir, on en a tant rêvé, on a si longtemps à l'avance escompté, pour ainsi dire, le bonheur
espéré, que, désenchanté, l'on est presque tenté de s'é-
crier : « Eh quoi! ce n'est que cela! je m'attendais à
mieux. » A dix-huit ans, c'est un peu moins beau ; on
ne songe guère encore qu'au plaisir des yeux. Mais le
terrible baccalauréat, pour lequel souvent l'on vient
alors à Paris, déteint d'une manière fâcheuse sur le
premier aspect de la grande cité. Quand on a été
reçu, on se dédommage largement, il est vrai, de l'abs-
tinence forcée qu'on a subie ; mais c'est ordinairement
le premier coup d'œil qui décide. Or, en débarquant,
la perspective de l'examen avait mis une sourdine à
l'enthousiasme ; c'est avec trois bémols à la clé que

l'on a entonné le chant de l'arrivée, et le ton général du séjour entier s'en ressent un peu.

Mais de vingt à vingt-cinq ans, rien de pareil : les magnificences de la rue touchent moins ; ce sont d'autres jouissances qu'on se promet. Je ne parle pas ici, bien entendu, de ceux qui, comme tant d'excellents amis que je pourrais nommer, faisant leur droit en province, ne sont jamais allés à Paris qu'au moment des inscriptions ou des examens, passer quelques jours dérobés à leurs livres ou à leurs travaux chez l'avoué ou le notaire, et revenaient bien vite à Orléans, plus empressés qu'ils n'en étaient partis. Mais parmi ceux mêmes qui se proposent d'employer sérieusement leur temps, à plus forte raison parmi ceux chez qui l'étude de la médecine ou du droit n'est guère qu'un prétexte, combien ont la pensée de mener de front la jouissance et le travail, de fréquenter à la fois l'école et les temples du plaisir, sinon de délaisser plus ou moins l'une pour les autres ! Or, chez ceux-là, quand, à la gare de la ville qu'ils n'ont jamais quittée, ils prennent leur billet pour Paris, quel monde de désirs indigestes et de passions inassouvies bouillonne dans leur cœur ! Bientôt peut-être ils reviendront tristement désabusés ; mais aujourd'hui, ils n'en sont pas même encore à l'enivrement, et tant qu'ils n'auront pas vidé jusqu'à la lie la coupe enchanteresse, ni les conseils d'un père, ni les larmes d'une mère ne prévaudront sur leur inexpérience....

Une obligeance affectueuse nous avait indiqué un gîte modeste, l'hôtel de la Haute-Loire, passage Jouffroy, 44. Nous nous y faisons conduire, et nous sommes assez heureux pour trouver là une installation convenable. Sise au fond du passage, loin par conséquent de la voie publique, cette maison offre l'avantage d'assurer à ses hôtes un sommeil tranquille, qu'est impuissant à troubler le roulement lointain des voitures; elle est d'ailleurs, par sa situation, au centre du Paris que l'on désire habiter, bien tenue, à des prix abordables, et je ne saurais trop remercier de nous l'avoir indiquée les aimables parents sous le patronage desquels nous y avons été accueillis. Ni les enfants ni leur mère n'avaient été trop fatigués du voyage; il nous fut donc possible de nous mettre immédiatement en campagne, et de faire en sorte d'employer aussi consciencieusement que nous pourrions les huit ou neuf jours que nous avions l'intention de passer à Paris.

Ce ne sont pas ces pérégrinations que j'entreprends de raconter : mieux vaudrait offrir à chacun de mes lecteurs un exemplaire de quelqu'un de ces guides qui, par centaines, s'étagent derrière les vitrines des libraires. Le seul but que je me sois proposé, amis bienveillants, c'est d'avoir un prétexte pour ne pas rompre cette année la chaîne de récits intimes qui depuis deux ans nous unit, et d'y ajouter au contraire un troisième

anneau qui sera, je le crains bien, inférieur encore aux
deux premiers ; et pour cela, je vous dirai simplement,
sincèrement toujours, comme je me suis jusqu'ici attaché
à le faire, quelques-unes des impressions qu'a éveillées
en moi la vue des principales choses qui attirent à
Paris l'attention du touriste. J'aborde là, je le sais,
une tâche redoutable. Je n'ai pas la prétention de dire
sur un pareil sujet quoi que ce soit de nouveau ; tout
ce que vous lirez dans ces quelques pages a dû être
écrit quelque part, et beaucoup mieux. Où ? je n'en sais
rien. Si je le reproduis, ce sera par des réminiscences
inconscientes (et dans cette bonne foi mes emprunts
trouveront leur excuse), ou sous l'inspiration des mêmes
pensées qui déjà auront dicté les mêmes impressions.
Ouvrez donc, chers amis, bienveillants collègues, et
vous aussi et surtout, hommes éminents qui me permettrez de vous en offrir l'hommage, ouvrez ce tout
petit livre dans les dispositions indulgentes avec lesquelles vous avez bien voulu accueillir ses deux aînés.
Fermez-le bien vite, et dès la première page, pour peu
que vous ayez un meilleur emploi de votre temps, qui
ne sera pas difficile à trouver ; mais, je vous en supplie,
gardez à l'auteur, si imprudent qu'il soit, si différentes
des vôtres que puissent être sur certains points ses
appréciations, gardez-lui votre estime, et par dessus
tout votre amitié.

Je ne suivrai pas jour par jour les différentes

excursions que nous avons faites; je diviserai bien
plutôt en quelques groupes, suivant leur nature, les
monuments, les lieux que nous avons visités, et tout
d'abord je parlerai des églises. — Ceux qui ont été
assez aimables pour conserver quelque souvenir d'une
des pages de mon livre de l'an dernier ne s'étonneront
pas que notre première et nos plus fréquentes visites
aient été pour Notre-Dame-des-Victoires : cette église,
en effet, offre à l'attention et surtout à la piété un attrait tout particulier. Fondée par Louis XIII et par lui
consacrée à la Sainte-Vierge, en mémoire des succès
remportés sur les protestants par la prise de la Rochelle;
achevée par les Petits-Pères ou Augustins déchaussés,
dont elle porte aussi le nom, elle est le siége de l'archiconfrérie de Notre-Dame des-Victoires, qui y a été
érigée par les soins du vénérable abbé Desgenettes;
aussi, dans le transept de droite, a-t-il été établi, au
titre d'autel privilégié, une magnifique chapelle, et tout
autour, se prolongeant sur presque tous les piliers de
l'église, on remarque d'innombrables *ex-voto*, sur le
marbre blanc de la plupart desquels se détachent des
armes, des décorations, témoignages éclatants de la
valeur reconnaissante, en même temps que de la piété
la plus éclairée. Le maître-autel est également en
marbre blanc, richement orné, et le chœur très-vaste,
enrichi de belles boiseries, est décoré de tableaux
dont quelques-uns sont justement estimés.

Mais c'est surtout à la chapelle de l'archiconfrérie, aux pieds de la statue depuis longtemps devenue populaire de Notre-Dame-des-Victoires, que se presse la foule, se renouvelant sans cesse ; à droite et à gauche de l'autel, des cierges se consument lentement par centaines, et répandent le soir dans l'église cette clarté douteuse si favorable au recueillement. Toute la matinée, les messes s'y succèdent, ainsi du reste que souvent aux chapelles latérales ; à chaque instant, la cloche du sanctuaire annonce qu'un prêtre va monter à l'autel, et un va-et-vient continuel d'assistants se produit sur ses pas. C'est en quelque sorte, en effet, à Notre-Dame-des-Victoires, sinon toute l'année, du moins dans ce temps des vacances, où les ecclésiastiques plus nombreux à Paris se font un pieux devoir de célébrer la messe dans le temple vénéré, une sorte de pèlerinage permanent. Nous y sommes allés notamment le 8 septembre, fête de la Nativité, et tous les autels occupés en même temps ne pouvaient suffire à la dévotion des fidèles. Il est vrai qu'à la foule ordinaire se joignaient ce jour-là les pèlerins de Paris, arrivés la veille de Rocamadour, Lourdes et Issoudun, et que les fatigues d'un voyage de sept jours n'empêchaient pas de venir couronner par une station à l'église des Petits-Pères les pieux exercices commencés dans le sanctuaire des Pyrénées.

Toutefois, le dirai-je ? c'est moins dans ces instants

de la matinée, où la foule distrait malgré soi et trouble le recueillement, que dans la journée, et surtout le soir où les portes restent ouvertes jusqu'à une heure avancée, que j'aime à visiter l'antique église; alors on s'isole bien plus aisément de l'assistance, qui, moins bruyante, se succède aux pieds de l'autel consacré. Si l'on est seul, la pensée, sur l'aile de la prière, s'envole comme d'elle-même vers la famille absente, et chargée de ce précieux souvenir, s'en va le déposer devant le trône de Dieu. Si, mille fois plus heureux, on est là, confondus dans une affection commune, le regard court de l'un à l'autre de ces êtres chéris, leur réunit dans une larme ceux que la mort empêche de se trouver au rendez-vous, et l'âme, dans une muette extase, recommande au Seigneur et les uns et les autres. Fatigués le soir la plupart du temps, désirant ne pas trop prolonger pour les enfants des journées bien remplies, il ne nous a pas été possible de nous rendre à Notre-Dame-des-Victoires à l'une de ces heures préférées; mais durant les trop courtes visites que nous y avons faites, et surtout dans ces moments précieux où, sous le regard plus proche en quelque sorte du Dieu qui veut bien descendre sur l'autel et se donner à nous, le ciel semble moins loin et la terre moins triste, je me suis efforcé de me recueillir un instant, et dans une prière aussi fervente que j'ai pu, j'ai recommandé, par sa sainte mère au divin fils que sur le globe de l'univers elle semble présenter au monde, et les miens et moi-même.

« Vierge sainte, lui ai-je dit, bien des fois déjà il m'a été permis de vous prier dans quelques-uns de vos sanctuaires. Il y a longtemps, à une époque où plus jeune, chargé de moins chers intérêts, j'avais moins le sentiment de ma responsabilité devant Dieu, j'ai gravi, trop insoucieusement peut-être, les degrés de Fourvières, puis de la modeste chapelle qui couronnait alors à Marseille les hauteurs de Notre-Dame-de-la-Garde. Tout entier à la joie d'un premier voyage, je crains d'avoir été moins touché des beautés de votre sanctuaire que du splendide panorama de la vieille cité phocéenne assise à l'ombre de la sainte colline, des montagnes qui fuyaient à l'horizon, de la Méditerranée qui à mes pieds berçait paresseusement ses flots d'azur. Que ne m'est-il donné de monter de nouveau d'un cœur et en même temps, hélas ! d'un pied moins légers de vingt ans, jusqu'à la basilique qui aujourd'hui occupe la place de l'humble chapelle d'autrefois ! il y a deux ans, mûri par l'âge et l'expérience, à Lourdes, puis à Bétharram, je me suis prosterné sur ces roches des Pyrénées que vos pieds ont foulées. A Chartres, sur la colonne où, Vierge-du-Pilier, vous écoutez dans la basilique les prières des fidèles, puis sur le trône où, Notre-Dame-de-sous-Terre, vous recevez dans la crypte les hommages des

successeurs des druides, je vous ai implorée. A
Sainte-Anne d'Auray, parmi les témoignages de confiance que prodigue à votre sainte mère la piété bre-
tonne, je vous ai contemplée dans ses bras. A Cléry, dans
ce sanctuaire restauré à deux pas duquel je suis né, à
l'ombre duquel reposent des parents bien-aimés ; à
Orléans, dans cette chapelle de Notre-Dame-des-
Miracles qui, pour être plus près de nous, n'en est pas
moins chère à nos cœurs, bien des fois j'ai prié devant
vous. Ici, c'est sous le titre de Notre-Dame-des-Victoires que votre statue se dresse sur cet autel. Sou-
venez-vous donc de votre puissance, ô Vierge bénie !
Sauvez l'Église, et avec elle sauvez la France. Ne re-
gardez que les nombreux fidèles prosternés à vos pieds ;
oubliez que dans le Paris insouciant et frivole, dont
j'entends le sourd bourdonnement, comme d'une ruche
en travail, des ingrats bien autrement nombreux vous
délaissent ou vous blasphèment ; oubliez aussi qu'en
de sinistres jours, il y a quatre ans, des hommes n'ont
pas craint de souiller par d'horribles sacriléges ce sanctuaire, que respectent pourtant d'ordinaire ceux-là
mêmes qui n'y entrent jamais. Vous êtes encore ici le
refuge des pécheurs ; pardonnez-leur donc, et obtenez
à tous, à quelques-uns qui nous sont particulièrement
chers, à nous les premiers, des grâces de salut et de
conversion. Mais en même temps, ô tendre mère, sou-
venez-vous que nous avons des besoins temporels lé-

gitimes; obtenez donc qu'autour de nous soient conservées ou rétablies des santés précieuses; bénissez notre voyage; oh! bénissez-nous tous, ici-bas et toujours! »

Et vous, ô mes amis, écrivais-je l'an dernier, et vous me permettrez de le redire encore, ce sont de ces choses dont la répétition ne fatigue jamais; vous surtout qui n'auriez pas la foi, si, appelés à Paris par vos affaires (je n'ajoute point par vos plaisirs; je m'adresse à des lecteurs trop sérieux pour cela), dans ce Paris si facile au bien comme au mal, où sous l'œil de Dieu, loin de celui des hommes, on peut accomplir les actions les plus héroïques, comme aussi, hélas! se laisser aller aux plus honteux désordres, vous pouvez le soir disposer d'un instant, laissez votre bon ange, non, peut-être n'y croyez-vous pas, de grâce, laissez un souvenir d'enfance, laissez la douce figure d'une pieuse mère, tendrement évoquée, vous conduire à Notre-Dame-des-Victoires; essayez-y une courte prière; demandez de bonne foi ce qui vous manque, et vous serez exaucés. Si vous n'obtenez pas immédiatement les lumières que vous n'avez pas, la force dont vous avez besoin, du moins la bonne pensée qui vous aura inspirés ne sera pas perdue : inscrite à votre avoir au grand-livre des miséricordes divines, elle vous sera comptée quelque jour à une heure fatale et décisive; et dès aujourd'hui, satisfaits de vous-mêmes, vous regagnerez vos demeures, l'âme agitée d'émotions plus

douces que si vous étiez allés demander à de bruyants
spectacles des distractions plus malsaines...

Également consacrée à la Sainte-Vierge, Notre-Dame
de Paris offre, il faut le reconnaître, plus d'attrait à
la curiosité du touriste qu'à la piété du fidèle. Les souvenirs historiques qui s'y pressent, l'intérêt architec-
tural que présente le monument, ne laissent qu'une
faible place au recueillement et à la prière. Que d'é-
vénements, en effet, se sont succédé dans son enceinte,
fondée par Childebert, reconstruite sous Louis VII, et
devenue sous la Terreur le temple de la Raison, jusqu'au jour où la basilique a pu échapper aux dévasta-
tions de la Commune, qui déjà y avait accumulé la
poudre et le pétrole! Plus heureuse du moins que notre
cathédrale d'Orléans, il lui a été épargné de voir en
1870 les hontes de l'invasion allemande, et de recevoir
sur ses dalles profanées six mille prisonniers français,
tristes débris d'une lamentable déroute! Que de voix
éloquentes y ont annoncé l'Évangile jusqu'à ces confé-
rences fameuses où s'y est pressée une jeunesse avide,
sous la parole ardente des Lacordaire et des P. Félix!
Que de *Te Deum* de victoire y ont retenti! que d'empereurs et de rois y ont été sacrés et couronnés! Quand
vous sera-t-il donné, ô voûtes séculaires, d'entendre
encore une fois sous vos arceaux gothiques les accents
du triomphe, et de voir de nouveau les grandes solennités d'autrefois?

Et sous le rapport artistique, que dirai-je, sinon ce que tout le monde sait? Que, sans offrir l'élégance, la légèreté, mais en même temps les imperfections et la diversité que présente notre basilique orléanaise, Notre-Dame de Paris a un aspect plus imposant et plus sévère. Composée de trois étages superposés, sa façade majestueuse est ornée, dans la galerie qui règne au-dessous des rosaces, de vingt-huit statues de rois de France, bienfaiteurs de l'Église, au-dessus des statues d'Adam et Ève, et de la Vierge adorée par les anges. Trois larges portiques élevés sous des voussures en forme d'ogives y donnent accès; les sculptures du portail central représentent le jugement dernier; au milieu, divisant l'entrée en deux parties, se trouve le pilier d'où partaient autrefois les bornes qui, plantées le long de nos routes royales, de demi-lieue en demi-lieue, marquaient les distances jusqu'aux frontières. Encore un souvenir du vieux temps qui s'en va: creusées profondément pour recevoir l'un après l'autre les différents écussons que la France s'est donnés, ces pierres imposantes disparaissent peu à peu, remplacées par les dés plus petits qui, prenant pour point de départ dans chaque département le chef-lieu de préfecture, ne peuvent plus indiquer les distances extrêmes. Dans une des tours de Notre-Dame se trouve le bourdon, du poids de 16,000 kilogr., dont Louis XIV a été le parrain. A la jonction des deux bras de la croix s'élève une flèche élancée, haute de 45 mètres, en bois de chêne recouvert de plomb.

Par l'harmonie de l'ensemble et la hardiesse des voûtes, l'intérieur de l'église, divisé en cinq nefs, offre un coup d'œil grandiose et imposant. Au premier étage, tout autour de la nef principale et du chœur, s'étend une galerie servant de tribunes. Vingt-trois chapelles, ornées des tombeaux ou mausolées des archevêques les plus illustres parmi ceux qui ont occupé le siége métropolitain, forment la ceinture de la nef et du chœur. Dans la chapelle Saint-Georges, entre autres, sont élevés les monuments du cardinal Morlot et de Mgr Darboy. Le grand orgue est un des plus puissants et des plus complets qui soient en France : œuvre remarquable de Cavaillé-Coll, il comprend 86 jeux et 6,000 tuyaux. Entouré et séparé de la nef par de magnifiques grilles en fer poli et doré, le chœur est orné de statues de chêne sculpté et de sujets religieux ; au pourtour extérieur se trouve l'imagerie, œuvre d'art du XIVe siècle, consistant en une suite d'ogives en pierre avec bas-reliefs, où sont figurées des scènes du Nouveau Testament : à gauche, les principaux faits de la vie militante de Notre-Seigneur ; à droite, les apparitions qui ont suivi sa résurrection. Derrière le tabernacle du maître-autel se dressent les statues de Louis XIV et de Louis XIII, ce dernier mettant sa couronne sous la protection de la Vierge ; plus loin, un groupe en mar-

2.

bre blanc, le Christ mort sur les genoux de sa mère ; à
l'entour, six anges en bronze sur des demi-colonnes.
Tel est en peu de mots l'aspect général que présente
Notre-Dame ; mais par combien de remaniements suc-
cessifs l'œuvre est arrivée à cet ensemble magnifique !
Quand nous y sommes allés, aucun travail particulier
n'était en cours d'exécution ; c'était assurément la première fois que la basilique m'apparaissait entièrement
dégarnie d'échafaudages.

Il n'en est pas, du reste, de Notre-Dame comme de
nos églises, dont chacun peut à son aise et à toute
heure admirer les détails : excepté les dimanches, le
chœur et les chapelles du pourtour ne sont ouverts que
le matin jusqu'à dix heures ; plus tard, un suisse à
poste fixe à la grille d'entrée ne vous y laisse pénétrer
qu'au prix de 50 centimes par personne, et en même
temps vous êtes admis à visiter le trésor. Dans la sa-
cristie du chapitre, en effet, d'élégantes et solides ar-
moires contiennent des objets précieux, des reliquaires,
des vases sacrés, des ostensoirs, des ornements somptueux, riches présents d'empereurs et de rois, un
splendide ornement rouge notamment, comprenant dix
chapes, et qui, par suite de l'introduction de la liturgie romaine, ne servira plus désormais qu'une fois par
an, le jour de la Pentecôte ; une statuette en argent de la
Vierge, donnée à Notre-Dame par le roi Charles X, etc.
On ouvre ensuite au visiteur la salle du chapitre, où se

trouve l'ostensoir colossal, de deux mètres de hauteur, avec le Thabor qui lui sert de base, que l'on expose aux regards des fidèles à la Fête-Dieu et aux jours solennels d'adoration. A côté, dans une petite armoire, le gardien montre des soutanes et des rochets ensanglantés. J'avais déjà vu la balle qui en juin 1848, sur la barricade du faubourg Saint-Antoine, a tué Mgr Affre portant aux insurgés des paroles de paix. A cette relique funèbre sont venus s'ajouter les ornements de Mgr Sibour, frappé par Verger à Saint-Étienne-du-Mont, le 3 janvier 1859, et surtout, ô honte pour la France! le vêtement que portait à la Roquette Mgr Darboy, fusillé par ordre de la Commune, le 24 mai 1871; la soutane souillée du sang de l'héroïque martyr, et percée non seulement par les huit balles qui l'ont atteint, mais encore par les coups de baïonnette dont les assassins ont criblé son cadavre sans vie. On détourne les yeux avec effroi de ce lambeau sanglant, et l'on ne quitte pas la basilique sans s'être recueilli un instant, pour demander à Dieu, dans une prière fervente, qu'il épargne à nous et à nos fils le retour de semblables horreurs.

Les autres églises de la rive droite.

Autrefois la paroisse des rois de France, Saint-Germain-l'Auxerrois a été fondée par Chilpéric Ier. Détruite par les Normands, elle fut reconstruite à la fin du Xe siècle, terminée au XVIe, et enfin restaurée par les ordres de Louis XIV et de Louis-Philippe. Le portail est cité comme une merveille de style gothique. Divers événements politiques ont rendu cette église célèbre à juste titre : c'est de son clocher que fut donné, dans la nuit du 24 août 1572, le premier signal du massacre de la Saint-Barthélemy. Fermée en 1831, elle fut convertie en mairie, et ce n'est qu'en 1838 qu'elle fut restituée au culte. On y entre par un porche à cinq arcades de forme ogivale, dont le dessous est orné de peintures à fresque aujourd'hui en assez mauvais état. Comme Notre-Dame, Saint-Germain a cinq nefs ; des verrières des XVe et XVIe siècles y entretiennent une demi-obscurité ; dans la nef transversale du midi, on remarque un bénitier sculpté d'après un gracieux dessin de Mme de Lamartine : un groupe de trois anges. Au sommet du pignon se dresse une statue de Marochetti, l'ange annonçant le jugement dernier. Dans le même style gothique que l'église, et lui faisant pendant, a été construite une élégante mairie, celle du premier arrondissement ; entre les deux monuments, les reliant l'un à l'autre, s'élève une tour aux sculptures dentelées. Nous fûmes à Saint-Germain-l'Auxerrois entendre les vêpres du dimanche, chantées par un chœur et une maîtrise exercés ; il y avait fort peu de monde. Oh ! non, suivant l'expression plus pittoresque que française du suisse, il n'y en avait pas *épais*, et le digne officier de l'église n'en avait pas l'air étonné. Que voulez-vous ? indépendamment des plaisirs qu'offrent chaque dimanche les environs de la capitale, il y avait ce jour-là fête à Vincennes, et à deux pas était la station du tramway, *great attraction*, inauguré depuis quelques jours seulement. Il n'en faut pas tant pour éloigner un Parisien des vêpres... et d'ailleurs. Mais comment, ô colonnes du Louvre ! n'avez-vous pas tressailli sur vos bases séculaires en entendant retentir un pareil langage sous le porche gothique de l'ancienne église de nos rois ?

Mélange de divers styles s'alliant assez mal ensemble, Saint-Eustache n'est pas moins un des édifices les plus grandioses et les plus imposants du vieux Paris. L'intérieur en est vaste et richement orné ; divisé en cinq nefs, le jour et l'air y abondent ; les proportions en sont pleines de grandeur ; l'élévation des voûtes est majestueuse. Citons rapidement le maître-autel en marbre blanc qui décore le chœur ; les chapelles,

au nombre de vingt-quatre, qui s'étendent tout autour
de l'édifice; dans les transepts de droite et de gauche,
et dans les chapelles elles-mêmes, de belles peintures
murales; une chaire en bois sculpté; en face, un magnifique banc-d'œuvre; au-dessus du portail, le bel
orgue, d'un puissant effet, qui a remplacé celui qu'un
terrible incendie a détruit en 1844. Au pilier du transept de gauche est un groupe en pierre entouré d'une
grille, représentant le pape Alexandre Ier, qui a ins-
titué l'eau bénite; enfin, dans une des chapelles du
même côté gauche, on remarque le mausolée en
marbre blanc et noir de Colbert. Située, comme on sait,
à la naissance de la rue Montmartre, en face des
halles, Saint-Eustache comprend dans sa circonscrip-
tion une population nombreuse, essentiellement com-
merçante.

Dans un quartier bien différent s'élève, rue Saint-
Honoré, l'église Saint-Roch. Fondée en 1659 par
Louis XIV et sa mère, Anne d'Autriche, achevée
près d'un siècle plus tard, en 1740, par le moyen d'une
loterie, longtemps succursale de Saint-Germain-l'Auxerrois, c'est le siége aujourd'hui d'une des plus riches paroisses de la capitale. Le monument n'a d'ailleurs rien
d'élégant; le portail récemment restauré est composé
de colonnes d'ordre dorique et corinthien. Le clocher a
cela de particulier, qu'isolé de l'église, en quelque

sorte, il semble surgir du milieu des maisons. C'est du haut des marches de Saint-Roch que le général Bonaparte mitrailla, le 13 vendémiaire an IV, un détachement des sections insurgées qui se portaient vers la Convention. A gauche en entrant, sur un pilier en avant des orgues, une plaque en marbre indique que le grand Corneille a été enterré à Saint-Roch. Le vaisseau intérieur de l'église est un des plus vastes et des mieux ornés de Paris. Ses dix-huit chapelles latérales contiennent des monuments et marbres de personnages célèbres, de Bossuet entre autres, de l'abbé de l'Épée, fondateur de l'institution des Sourds-Muets, les bustes de Mignard et de Le Nôtre, la statue du cardinal Dubois, etc. Derrière le chœur s'ouvrent trois grandes chapelles : celle de la Vierge, celle de la Communion, et dans le fond celle du Saint-Sépulcre, qui, avec ses tableaux en pierre et la grotte du Calvaire éclairée par en haut, est d'un effet des plus saisissants, surtout, à ce qu'il paraît, et je le crois sans peine, pendant les cérémonies de la semaine sainte.

Non loin de Saint-Roch, et pouvant servir de transition, peu heureuse, du reste, entre les églises du vieux Paris et celles du nouveau, s'élève la Madeleine. Bâti dans le style grec, d'un aspect majestueux, en face de l'ancien palais du Corps-Législatif, dont la Seine le sépare, ce vaste temple a quelque rapport avec la Maison-Carrée de Nîmes ; il est orné de colonnes d'ordre corinthien de seize mètres de hauteur ; vingt-huit marches mènent au péristyle. Sur le fronton, une belle sculpture représente le jugement dernier ; sur une double porte de bronze, aux larges proportions, sont figurés en relief, en huit compartiments, les préceptes de la loi de Moïse. Sous les portiques, trente-quatre niches sont ornées de statues de saints et de saintes ; dans les deux niches de la façade sont les statues de saint Philippe et de saint Louis : c'est que la première pierre de ce monument fut posée sous Louis XV, en 1764, mais qu'il ne fut achevé que sous Louis-Philippe, en 1843. On devait d'abord le consacrer au culte, puis, après la révolution de 1793, Napoléon Ier voulut qu'il devînt le temple de la gloire ; mais Louis XVIII en fit définitivement une église sous le vocable de Sainte-Madeleine, et il faut reconnaître qu'il aurait pu être indifféremment l'un ou l'autre, et même l'un plutôt que l'autre. Lors, en effet, qu'on aperçoit de loin cette masse, sans clocher, sans aucun signe extérieur qui annonce une destination religieuse, on ne se doute guère qu'il y a là un édifice consacré au culte catholique ; et quand Edmond s'obstinait à prendre le Corps-Législatif pour la Madeleine, je me disais qu'il n'était sans doute pas le premier à commettre cette bévue.

Et ce ne sont pas les poternes étroites, obscures,

éclairées tout le jour par un bec de gaz, par lesquelles
on pénètre à l'intérieur dès que les grandes portes
sont fermées, c'est-à-dire après midi, qui vous désa-
buseront. Mais vous n'aurez pas plus tôt entr'ouvert
la porte qui de ces sombres couloirs donne accès dans
l'église, que vous resterez comme ébloui des richesses
qui vous apparaîtront. Les marbres et les dorures, en
effet, resplendissent partout, éclairés par le jour qui
tombe d'en haut, à travers les ouvertures pratiquées
dans les rosaces de la voûte et de l'hémicycle. Des
lustres dorés descendent sur vos têtes ; des candé-
labres dorés, des tabernacles dorés décorent les autels.
De tous côtés aussi du marbre blanc sculpté par nos
premiers artistes : en entrant, deux groupes de Rude
et de Pradier, dans les chapelles des mariages et des
fonts baptismaux, puis deux bénitiers; sur le maître-
autel enfin, un groupe magnifique représentant l'assomption de sainte Madeleine; à droite et à gauche,
des anges en prière, le maître-autel lui-même, et jusqu'aux marches du sanctuaire. La nef, car il n'y en a
qu'une, a six chapelles adossées aux parois de l'église;
dans chacune d'elle se dresse la statue du saint qui
lui donne son nom, et une peinture représente une
scène de la vie de sainte Madeleine.

Mais, au milieu de ces magnificences, le cœur reste
froid, le regard est distrait, et les lèvres ont peine à
formuler une prière. La Madeleine n'est d'ailleurs en

3

rien un temple comme un autre : n'y pénètre pas qui
veut, et pour y être admis nous avons dû nous y prendre
à deux fois. Un premier jour, nous nous sommes pré-
sentés à l'une des poternes que vous savez ; il était
cinq heures et demie. Je croyais bien me souvenir qu'à
certaines heures l'église est fermée ; mais c'était un
samedi, et, provincial naïf que j'étais, habitant d'une
ville où ce jour-là, pour faciliter aux fidèles la prépa-
ration plus prochaine au dimanche, nos plus humbles
paroisses restent ouvertes jusqu'à une heure avancée
de la soirée, j'avais la simplicité de croire qu'il en
devait être de même d'un des principaux sanctuaires de
Paris. Oh ! mais non, ce n'est pas cela : il nous fut
répondu qu'on ne visitait l'église que de une heure à
cinq heures, et la porte nous demeura fermée. Nous
n'avions pourtant écrit nulle part sur nos visages que
nous étions des étrangers venus pour admirer le
monument, et non pour y prier : d'où nous avons
conclu que, ne supposant pas qu'on puisse venir à la
Madeleine, passé cinq heures, conduit par un autre
mouvement qu'une curiosité plus ou moins profane, on
n'y laisse plus alors pénétrer personne. Ce n'est pas
plus fort, après tout, que les grand'messes supprimées
à Bordeaux pendant les vacances, s'il vous en souvient,
lecteurs.

Et ce n'est pas, je dois le dire, la seule étrangeté
que, sous le rapport religieux, j'ai rencontrée à Paris :

ayant lu, à Notre-Dame-des-Victoires, sur l'affiche des offices, qu'une messe chantée était célébrée le dimanche à huit heures, nous nous empressâmes de nous y rendre. L'heure sonne; le prêtre monte à l'autel; l'organiste est à son poste; à ce qui sert de lutrin deux ou trois hommes en habit de ville; le saint sacrifice commence et se poursuit: c'était une messe basse. Seulement, au *Kyrie,* à l'élévation, à l'*Agnus Dei,* les chantres ou plutôt les chanteurs, alternant avec l'orgue, entonnèrent quelques strophes. En bon français pourtant, une messe chantée, c'est une messe *que* l'on chante; ce n'a jamais été une messe *où* l'on chante. Enfin j'ai été surpris de voir que nulle part, même à Notre-Dame-des-Victoires, il n'y avait d'office public le 8 septembre, et que dans toutes les églises, comme dans le dernier de nos villages, cette fête imposante était remise au dimanche.

C'est, du reste, une chose triste à constater: à Paris, le jour consacré au Seigneur se distingue à peine du reste de la semaine: quelques rares magasins sont fermés çà et là, parmi lesquels j'aime à signaler les vastes galeries du Louvre. Aux abords des églises, un plus grand nombre de personnes circulent un livre à la main. Mais dans les rues, c'est le même mouvement: le roulement des voitures permet à peine d'entendre le son des cloches. Point de ces mises plus soignées qui chez nous annoncent, le dimanche, sinon

toujours une assistance plus nombreuse aux offices,
du moins un respect plus complet de la loi du repos.
J'ai lu souvent qu'à Paris, à côté de l'excès du mal, se
trouve le comble du bien ; je le souhaite et l'espère.
Ceux qui ont écrit ces choses les savent probablement
mieux que moi ; cependant, dussé-je être pris pour
un mystique ombrageux et chagrin, j'ai toujours cru que
dans la grande capitale, menant un peu tout de front,
on adore parfois sur deux autels très-voisins l'un de
l'autre Dieu et le monde, le Christ et Bélial. Puissé-
je m'être trompé ! Si pourtant c'était vrai, je ne maudi-
rais pas encore, et fasse le ciel, m'écrierais-je, que
l'un rachète l'autre !

Ici, toutefois, qu'on ne se méprenne pas sur ma pensée, et qu'on ne cherche pas à lire entre les lignes
ce que je n'ai pas entendu y mettre. Je ne veux pas
faire le procès au clergé de Paris : irréprochables à
l'autel, d'une tenue digne et convenable, ses membres,
comme leurs confrères de province, sont dignes de
tous nos respects. Ce n'est pas à propos de Notre-Dame-
des-Victoires que me viendrait contre eux la pensée
même d'une insinuation, de cette église où vit honorée
et aimée, et vivra tant que subsistera l'archiconfrérie
qu'il a fondée, la mémoire du vénérable abbé Desgenettes ; ce n'est pas après avoir vu à Notre-Dame
les vêtements ensanglantés de trois archevêques martyrs ; c'est encore moins à Orléans, où se sont assis

sur le siége de saint Aignan tant de saints et illustres
évêques sortis des rangs du clergé de Paris. Oh! non,
loin de moi cette pensée! Ce à quoi je m'en prends,
c'est le malheur des temps ; et tout ce que j'ai voulu
dire, c'est qu'impuissants à lutter contre le torrent qui
les entraîne, ces messieurs ont fait sur certains points,
tout de forme d'ailleurs, aux habitudes au milieu desquelles ils vivent, des concessions qui parfois peuvent
choquer les nôtres.

Deux remarques encore toutefois dans le même ordre
d'idées, si vous le voulez bien, puisque j'en suis au chapitre des observations. Nous nous sommes trouvés à Notre-
Dame-des-Victoires au moment d'une messe d'enter-
rement. Des voix exercées d'enfant et de ténor disaient
alternativement en plain-chant une strophe du *Dies
iræ*, et faisaient admirablement ressortir les accents
lugubres et en même temps les cris d'espérance qui
éclatent à chaque note de ce cantique de la mort ; puis
le chœur, sur je ne sais quel motif qui aurait aussi
bien convenu à un hymne de triomphe qu'à des chants
du trépas, disait une autre strophe. Pourquoi donc, à ce
qui est si beau dans sa tristesse sublime, substituer autre
chose? Enfin, j'ai regretté de ne pas entendre, au salut à Saint-Germain-l'Auxerrois, l'invocation pour les
fruits de la terre que nous aimons tant, nous autres
ruraux, à redire pendant ces mois du printemps et de
l'été où de plus grands dangers menacent nos récoltes.

De méchantes langues ont dit, il me semble, que le blé ne poussant pas entre les pavés de leurs rues, il y a des Parisiens qui ne savent pas bien au juste avec quoi se fait le pain qui les nourrit. Je ne crois rien d'une pareille horreur, bien entendu ; ils n'en sont point là. Mais ne sont-ils pas déjà, par leurs habitudes, assez éloignés de la pensée d'une Providence qui veille sur tout ici-bas, sans qu'on néglige encore de la leur rappeler par une prière publique au Dieu qui fait croître et mûrir les moissons? Je ne sais si la formule en usage dans nos églises existe officiellement dans la liturgie romaine ; qu'il me soit permis d'espérer qu'elle nous sera conservée.

Si j'ai dû parler sévèrement de l'opulence qui règne à la Madeleine, que ne dirai-je pas de Notre-Dame-de-Lorette? Là, en effet, ce n'est pas seulement de l'élégance : c'est un luxe qui va jusqu'à la profusion. Les dorures, les peintures font plutôt songer à un théâtre qu'à un édifice religieux ; le goût douteux qui préside à tout cela m'a rappelé la cathédrale de Rennes. L'église a été, paraît-il, occupée et pillée pendant la Commune par les fédérés : on ne s'en douterait pas. Le monument est, du reste, à l'extérieur d'une forme sévère ; il a l'aspect d'une basilique romaine. Commencé en 1824, il a été terminé en 1856. Le plafond des nefs est plat, divisé en caissons ; des colonnes unies le soutiennent, et le regard s'arrête brusquement à l'autel, derrière lequel ne s'étend pas un déambulatoire. Citons pour mémoire, ne l'ayant pas visité à l'intérieur, dans le même quartier, et un peu dans le même genre, Saint-Vincent-de-Paul, place Lafayette. Seulement, l'aspect de cette église est bien plus majestueux : on y arrive par des rampes qui affectent la forme de celles du palais de Fontainebleau ; le péristyle, soutenu par douze colonnes cannelées, est surmonté d'un fronton sculpté qui représente le saint patron du monument, la croix à la main, entre la Charité et la Foi. Deux tours carrées de 54 mètres de haut couronnent l'édifice, reliées par une galerie sur laquelle se détachent les statues des quatre évangélistes ; sur la porte en bronze sont sculptés Notre-Seigneur et les douze apôtres.

Non moins riche et somptueuse, mais revêtue d'un caractère bien autrement religieux, apparaît à l'extrémité de la rue de la Chaussée-d'Antin l'église de la Trinité. Inauguré en 1867, ce monument est en effet l'un des mieux réussis du nouveau Paris. Un vaste square, d'une superficie de 3,000 mètres, le précède. Un grand porche, surmonté d'un étage percé d'une élégante rosace et d'un clocher très-élevé, compose la façade. Le portail est dans le style des XVIe et XVIIe siècles. L'intérieur offre une décoration riche et en même temps suffisamment sévère : le chœur, avançant

dans la nef, est exhaussé de onze degrés ; des bancs
en bois sculpté en forment le tour ; de loin, l'autel a
la forme d'un trône recouvert d'un dais, dans une ni-
che à jour. Sous l'abside s'ouvre une charmante et
spacieuse chapelle de la Vierge, ornée de jolis vitraux.
Quel gracieux aspect doit offrir cette église brillam-
ment éclairée le soir, pendant les fêtes d'hiver !

Assise à l'angle des boulevards Haussmann et Malesherbes, Saint-Augustin, encore un monument du Paris
moderne, présente, vue de ces longues avenues, un imposant coup d'œil ; elle ne rappelle cependant ni la
croix latine, ni le temple ou la basilique, et offre dans
son ensemble des contours tout nouveaux, de même
que son style affecte tous les modes d'architecture : ses
colonnes, ses chapiteaux, son fronton sont de toutes
les formes et de toutes les époques. Mais le dôme hardi
qui la couronne, le portail qui y donne accès, élevé
et percé de trois arcades au-dessus desquelles apparaissent les statues du Christ et de ses douze apôtres,
remplissent l'âme d'une impression de grandeur que
vient bientôt confirmer la vue de l'intérieur de l'église.
Le vaisseau, en effet, en est grandiose et majestueux.
Sous la coupole, que décorent de riches peintures,
s'élève, rappelant le genre mauresque, un maître-autel
élégant, exhaussé de plusieurs degrés, qui domine les
nefs, et que surmonte un baldaquin tout brillant de

dorures ; une chapelle de la Vierge forme l'abside. Saint-Augustin, comme la Trinité, a été fort maltraitée, en mai 1871, par les batteries de la Commune, et quand, un mois après, j'ai visité ce monument, que je ne connaissais pas encore, des ouvriers suspendus à la voûte réparaient les peintures du dôme, trouées par des obus partis de Belleville.

Les églises de la rive gauche.

Telles sont les églises que nous avons visitées sur la rive droite. Gênés par le temps, devenu mauvais le vendredi matin, veille de notre départ, nous avons dû faire une étude plus rapide de celles de la rive gauche, bien moins riche, d'ailleurs, en monuments religieux. Nous avons vu cependant les quatre principales, et je vais en quelques mots esquisser l'aspect de chacune d'elles.

Je me serais bien gardé de négliger Saint-Étienne-du-Mont, ce sanctuaire où tant de fois, à la veille d'un examen (des esprits forts en souriraient peut-être ; mais puissent leurs enfants, dans ce quartier Latin où ils devront passer les années les plus orageuses.de

3.

leur vie, n'avoir jamais d'autres faiblesses !), j'ai senti
une prière plus fervente monter de mon cœur à mes
lèvres. Cette église est d'ailleurs remarquable à plus
d'un titre, et son portail, sa tour coquettement dressée,
le jubé élégant (chose rare aujourd'hui) qui sépare la
nef du chœur, la galerie qui l'entoure, en font un des
monuments les plus intéressants de Paris. Une chaire
qui est un chef-d'œuvre de sculpture sur bois, des
clés de voûte d'une riche ornementation, des vitraux
des XVIe et XVIIe siècles décorent la basilique com-
mencée par François Ier. Enfin et surtout, dans une
des chapelles du pourtour du chœur, remarquable par
ses peintures relevées d'or et son style gothique, se
trouvent, recouverts de lames de cuivre ciselées, le
tombeau et les reliques de sainte Geneviève, la patronne de Paris. La chapelle est remplie d'*ex-voto*; des
cierges y brûlent nuit et jour; mais c'est surtout pendant la neuvaine qui commence le 3 janvier, fête de
l'humble bergère de Nanterre, qu'il faut visiter Saint-
Étienne-du-Mont, et au milieu de ce Paris si frivole et
si incroyant, on est surpris de voir la foule qui se
presse, nombreuse et recueillie, autour des restes vé-
nérés de sa sainte patronne.

A deux pas se dresse le Panthéon. Bâti d'après les
plans de l'architecte Soufflot, ce temple a, comme on
sait, subi des destins bien divers. Louis XV l'avait

dédié à sainte Geneviève; mais en 1791, la Convention, au lieu d'en faire une église, lui donna le nom de Panthéon, avec l'inscription fameuse : *Aux grands hommes la patrie reconnaissante.* Rendu au culte sous la restauration des Bourbons de la branche aînée, l'édifice reprit le nom de Panthéon après la révolution de 1830; enfin, par un décret du 6 décembre 1851, le prince Président rétablit sa destination religieuse, sous le nom d'église Sainte-Geneviève, et confia à un chapitre de chanoines le soin de le desservir, car ce n'est pas une paroisse. Cependant, malgré la nouvelle consécration donnée au monument, par une anomalie singulière, l'inscription panthéiste subsiste toujours; du moins, aujourd'hui, la croix rayonne sur le sommet du dôme, couronnant au loin les alentours, et c'est elle que cherche du regard le voyageur qui arrive par la ligne d'Orléans; mais destiné que semble être l'imposant édifice à subir le contre-coup de nos révolutions, est-il bien arrivé à la dernière page de l'histoire de ses variations ?

Chacun sait de quel effet grandiose est l'aspect du Panthéon : élevé de quinze marches, soutenu par vingt-deux colonnes cannelées, le péristyle est surmonté d'un fronton sculpté par David d'Angers, représentant la Patrie entre la Liberté et l'Histoire distribuant des palmes aux grands hommes. A droite et à gauche de la porte d'entrée principale sont les groupes en pierre

d'Attila et de sainte Geneviève, et du baptême de Clovis.
A l'intérieur, l'extrémité de chacun des trois autres
bras de la croix que forme le monument est occupée
par un autel richement décoré. Les bas côtés sont plus
élevés de cinq marches que la nef; le chœur est fermé
par une grille en fer à ornements dorés; enfin, tout
autour de l'édifice, au-dessus de l'entablement des colonnes, règnent des balustrades de pierre. Au centre
apparaît le dôme majestueux, hardiment lancé dans les
airs, à une hauteur de 83 mètres; la coupole, reposant
sur des colonnes corinthiennes, se termine par une
lanterne ornée elle-même de dix autres colonnes. On
embrasse de là d'un coup d'œil l'immensité de Paris :
il semble qu'en allongeant un peu la main on atteindrait Montmartre. Pour ne pas priver les enfants de
cet imposant panorama, je me suis résigné à gravir de
nouveau les quatre cent vingt-cinq marches qui y con-
duisent. Tout en leur détaillant les monuments qui se
déroulaient à nos yeux, sous un ciel qui, couvert et
pluvieux le matin, s'était complètement dégagé, je me
rappelais qu'un jour, pendant qu'un orage éclatait sur
Paris, j'avais fait cette ascension. Les vitres de la lanterne vibraient sous les coups répétés de la foudre, et
derrière moi, sans doute, le fluide passait invisible et
inoffensif, suivant la chaîne du paratonnerre. Au-dessous, à l'intérieur, la coupole a été peinte à fresque
par Gros, en 1824 : sainte Geneviève y est figurée re-

cevant les hommages des rois de France, de Clovis ;
de Charlemagne, ses *Capitulaires* à la main ; de saint
Louis, qui présente ses *Établissements ;* de Louis XVIII,
armé de sa charte, symbolisant quatre grandes époques
de la monarchie française.

Du Panthéon, nous nous rendîmes à Saint-Sulpice,
non sans qu'Edmond, à la vue du dôme de la Sorbonne,
ait lancé au passage un anathème au docte monument,
à la pensée des examens qu'il lui faudrait subir sous
ces voûtes maudites, et que moi j'aie salué avec respect notre vieille et chère école de droit. — C'est par
la reine Anne d'Autriche que fut fondée cette église
en 1655 ; mais elle ne fut achevée qu'en 1740. C'est
un vaste et bel édifice, aux proportions grandioses.
Deux tours, de 70 mètres de haut, en surmontent la
façade ; un télégraphe aérien les couronnait naguère ;
mais elles ne sont pas du même modèle, la métropole
ayant tenu à son privilége d'avoir seule des tours pa-
reilles, m'apprend le *Guide* auquel j'emprunte les détails techniques de mes descriptions. Le maître-autel,
élevé de plusieurs degrés, avance vers la nef ; au-de-
vant se développe un triple rang de chaises, en forme
d'hémicycle. La messe ainsi célébrée doit offrir aux
jours des grandes solennités un aspect imposant. Derrière s'étendent le chœur et l'avant-chœur, entourés,
ainsi que la nef, d'arcades d'une ampleur majestueuse.

Autour de l'édifice, dix-huit chapelles resplendissantes
de peintures aboutissent à une élégante chapelle de la
Sainte-Vierge, au fond de laquelle se détache admirablement le groupe en marbre blanc de la Vierge tenant
l'Enfant-Jésus ; une riche coupole peinte à fresque figure
l'Assomption. Remarquons encore la chaire, due à la
munificence du maréchal de Richelieu, et le dôme,
avec groupe doré, représentant la Charité ; les immenses
coquilles qui servent de bénitiers, et les orgues qui,
reconstruites de 1861 à 1862 par Cavaillé-Coll, sont
au nombre des plus belles et des plus complètes qui
existent. Saint-Sulpice, au surplus, n'est pas seulement
une majestueuse et imposante église ; c'est encore, ce
qui vaut mieux, le siège d'une des paroisses les plus
religieuses et les plus recherchées de Paris. A côté,
sur la place, ornée d'une magnifique fontaine que
décore la statue de Fénelon, s'élève le grand et fameux
séminaire de Saint-Sulpice, où se forment à la science
et à la piété tant de saints et excellents prêtres.

Enfin, sur la rive gauche, nous avons visité Sainte-
Clotilde, cette gracieuse réduction de notre basilique
orléanaise. Dans la riche copie de la place Bellechasse,
on retrouve en effet la plupart des détails de l'original
qui nous est cher : à l'extérieur, les trois portails en
ogives, avec galerie sculptée à jour ; au-dedans, les piliers, les fenêtres, l'abside, tout, jusqu'à un simulacre de

la galerie à pilastres qui dans notre cathédrale règne autour de la nef et du chœur; seules, les dentelles de nos
tours sont absentes et remplacées par des flèches élan-
cées. L'aspect de l'intérieur de l'église est digne et
sévère, bien que riche en sculptures, en peintures et
en verrières; le maître-autel est orné de dorures, de
pierreries et de statuettes; la grille du chœur est en
pierre sculptée. Un square élégant précède l'église et
remplace avec avantage les deux... comment dirai-je?
les deux... je ne sais quoi, qui laissent couler un filet
d'eau dans les bassins de la place Sainte-Croix. Ai-je
besoin d'ajouter, puisque j'en suis aux comparaisons
peu à notre profit, que Sainte-Clotilde, comme presque
toutes les églises de Paris, est dotée d'un système de
calorifères souterrains, qui ne se manifeste au dehors
que par la chaleur bienfaisante qu'il répand, et par des
plaques élégantes placées de distance en distance, laissant bien loin derrière lui le procédé de chauffage
bruyant et un peu manufacturier de notre cathédrale.

Montmartre.

Je me suis étendu un peu longuement, trop longue-ment peut-être, sur la visite des églises, et encore n'ai-je rapidement parlé que des principales. C'est que, quelques opinions qu'on professe en matière religieuse, on ne saurait faire que ce ne soit pas là, en définitive, un des aspects les plus intéressants de Paris. Que ne m'est-il donné d'ajouter à tous ces monuments la des-cription de celui qui probablement les surpassera tous en splendeur, de la future église du Sacré-Cœur, à Montmartre! Nous avons tenu du moins à faire aux lieux où elle doit s'élever une sorte de pieux pèlerinage. Le récit de cette excursion remplira ce court chapitre.

Nous suivons la rue du Faubourg-Montmartre, si en-combrée, à l'heure encore matinale que nous avons choi-sie, de véhicules de toute sorte, que nous nous deman-dons comment, dans cette foule d'hommes et de choses qui se croisent en tous sens, il n'arrive pas de terribles accidents. Nous prenons ensuite la rue Notre-Dame-de-Lorette, et nous arrivons à la place Saint-Georges, que borde la maison de M. Thiers, reconstruite à neuf dans les circonstances que l'on sait. J'avais vu en juin 1871 les ruines de l'ancien hôtel, portant la trace en-core récente de la pioche des démolisseurs de la Com-

mune (avec les alliés desquels l'illustre vieillard ne
s'est-il pas un peu trop réconcilié depuis?). Je m'attendais, au souvenir de la somme qu'a votée l'Assemblée d'une voix unanime, dans un jour d'élan patrio-
tique et de justice, d'ailleurs, il faut le reconnaître, je
m'attendais, dis-je, à voir un édifice digne de la France
qui l'a payé. Eh bien ! non, et j'ai été péniblement surpris en apercevant une maison d'un aspect ordinaire,
convenable, et voilà tout. Aurait-on donc, par hasard,
comme l'a insinué la chronique scandaleuse, fait des
économies sur le million alloué par l'Assemblée? Puis
notre coursier à deux francs l'heure gravit d'un pas
suffisamment léger la rue Fontaine ; nous traversons
les anciens boulevards extérieurs ; par la longue et si-
nueuse rue Lepic nous contournons les pentes abruptes ;
nous passons non loin de la rue des Rosiers, de si-
nistre mémoire, et bientôt nous avons terminé notre
ascension, car autant est pénible et fatigante cette excursion à pied, impossible même à des santés déli-
cates, autant en voiture elle est relativement rapide,
agréable et facile.

Je n'étais jamais monté qu'une fois aux buttes Montmartre, en juin 1871, et encore n'étais-je pas allé au-
delà du moulin de la Galette, autour duquel j'avais vu
des pièces de marine, débris des deux siéges. J'aurais
même pu apercevoir au loin, à Saint-Denis, les casques
pointus de nos envahisseurs (triste souvenir!) étinceler

au soleil du matin. C'est au-delà, sur le point culminant, derrière le chevet de Saint-Pierre de Montmartre, que s'élèvera la future église. Un vaste chantier entouré de planches en marque l'emplacement On achevait de démolir quelques maisons comprises dans le périmètre exproprié, entre autres la tour Solférino. Chaque matin, à dix heures, arrivent deux gardiens de la paix ; les portes sont ouvertes, et le public est admis à visiter ce que pour le moment contient l'enceinte : l'établissement d'un père La Lunette, qui pour deux sous vous montrera Paris, et surtout la première pierre de la future église, énorme cube en marbre solennellement béni le 16 juin dernier, sur lequel un tronc ne sollicite jamais en vain la générosité des fidèles ; à côté une tente légère abrite une femme qui, gardienne des offrandes, présente au visiteur des photographies, des vues du monument. Ce sera un magnifique édifice, avec ses dômes, ses clochers, ses chapelles, de la décoration desquelles de pieuses associations se disputent déjà le privilége.

C'est un panorama splendide que celui qui, du haut de ces sommets, se déroule à nos pieds, par un beau soleil que voilent malheureusement, le jour de notre excursion, les vapeurs d'une matinée de septembre : d'un côté, au nord, la plaine Saint-Denis, parsemée de maisons, d'usines, de lignes de fer ; à l'est, la longue avenue qui va de Paris en Allemagne, mais

qui, hélas! va aussi de l'Allemagne à Paris; les buttes
Chaumont; l'église de Belleville, sur le cadran de laquelle nous lisons dix heures dix; au bas de nous, au
midi, la place Saint-Pierre de Montmartre, et s'éten-
dant au loin Paris et ses clochers, ses monuments, ce
qui reste de ses palais, jusqu'aux hauteurs de Mont-
rouge et de Châtillon; à l'ouest enfin, les Champs-
Élysées, l'Arc-de-Triomphe; à l'extrême horizon le
mont Valérien, qui, en de tristes jours, a dû envoyer
ses noirs obus à la place où nous sommes, et plus près,
il faut le dire, l'homme peu vêtu, bien que la distance
nous empêche de distinguer ses formes, qui tenant du
bout de ses doigts une lyre dorée, couronne le dôme
du nouvel Opéra.

Mais que sera-ce quand, de ces mêmes sommets,
s'élancera dans les airs la future basilique, et que sa
façade tournée vers Paris permettra à chacun des prêtres qui y célébreront le divin sacrifice d'étendre ses
mains après la messe sur la grande capitale et de la
bénir! Je lisais l'autre jour avec regret que les travaux définitifs n'en commenceraient que lorsque la
souscription, qui déjà dépasse trois millions, atteindrait
un chiffre de beaucoup supérieur. Plaise à Dieu que
très-prochainement les offrandes des fidèles produisent
une somme suffisante pour que la prudence ne fasse
plus de l'attente une impérieuse nécessité, et qu'enfin
la croix du Sacré-Cœur, dominant des cimes de Mont-

martre l'immense Paris de la rive droite, comme des sommets de Sainte-Geneviève la croix du Panthéon rayonne sur la rive gauche, et répondant en quelque sorte à celle-ci, alterne avec elle, par dessus la capitale endormie dans leurs bras, les strophes magnifiques d'un cantique sans fin ! Toujours, en effet, ô croix sainte, tu seras ici-bas notre unique espérance ; continue donc à briller sur les dômes de nos monuments, comme sur la poitrine de nos guerriers. Durant cette longue passion qui s'appelle la vie, dans l'âme du fidèle augmente la justice, sur le front du coupable imprime le pardon, et, debout un jour sur nos froides dépouilles, abrite de ton ombre sacrée nos demeures dernières ! Et dès maintenant, ô divin Cœur, qui sur cet arbre sanglant avez voulu être percé par la lance d'un soldat, tenez compte à la France de la bonne pensée qu'elle a eue de se consacrer à vous ; répandez sur cette noble blessée une goutte de votre sang, et aussitôt elle sera guérie. Donnez-lui du moins ce dont elle a si grand besoin pour panser ses blessures : la force et la patience, la paix et l'union, et surtout, ô Sauveur, la foi en vos promesses, l'espérance en vos miséricordes, l'amour de votre nom divin !

La Bourse.

Il est à Paris un monument que j'ai tenu à faire
connaître à ceux qui m'entouraient; ne sachant à quoi
le rattacher, et voulant en dire quelque chose, je con-
sacrerai à le décrire immédiatement un chapitre spécial. Bâti sur le carré que dessinent les rues Vivienne,
du Quatre-Septembre, Notre-Dame-des-Victoires et
une quatrième dont le nom m'échappe, cet édifice en
occupe le centre. Élevé de plusieurs degrés, il affecte
la forme d'un temple grec; sa longueur est de 69 mètres, sa largeur de 41 mètres; un vaste péristyle
l'environne, et, orné de soixante-six colonnes corinthiennes, permet de circuler autour du monument. Les
piédestaux de l'escalier de la façade sont décorés des
statues du Commerce et de la Justice consulaire; celles
de l'escalier opposé représentent l'Industrie et l'Agricul-
ture. Tout à l'entour règne une grille en fer; devant
la façade, deux bureaux d'omnibus sont à toute heure
assiégés par la foule; des trois autres côtés s'allonge
une triple file de voitures. Entre la grille et le monument, sous un ombrage que dispensent parcimonieu-
sement des arbres aux feuilles jaunies par l'automne
qui approche, des enfants s'ébattent joyeusement.

A gauche, près de la rue Notre-Dame-des-Victoires,

est un bureau de poste qui ouvre aux passants trois ou quatre larges guichets ; le soir, vers cinq heures, on y arrive de tous côtés, et des lettres, des paquets, des correspondances sans nombre s'engouffrent dans les boîtes béantes. Ce bureau jouit même d'une faveur peu connue, je crois, que j'appellerais volontiers le privilége de la dernière heure ; je l'ai sue par hasard, et comme à l'occasion elle peut être précieuse, peut-être me saura-t-on gré de l'apprendre à ceux de mes lecteurs que l'ignoreraient. Chacun sait qu'à raison du nombre immense de correspondances qu'il s'agit de recueillir et de classer à Paris, les lettres déposées après cinq heures et demie dans les boîtes ordinaires ne sont pas expédiées par les courriers du soir : eh bien, vous pouvez faire partir vos lettres, au bureau en question, jusqu'à six heures au tarif habituel, et moyennant des surtaxes de 20 centimes jusqu'à six heures un quart, et de 40 centimes jusqu'à six heures et demie : ayez soin seulement de les jeter alors dans un guichet spécial, à gauche de la porte du bureau, et que vous indiquera au besoin un employé qui stationne à cet effet sur le trottoir depuis six heures. Mais revenons à notre monument.

Sur le péristyle, devant la porte d'entrée, que surmontent une horloge et, l'on ne sait trop pourquoi, un baromètre, une foule nombreuse s'agite et se démène ; de grands cris y retentissent. A gauche le mot *télé-*

graphe, étincelant le soir en des lettres de feu, que dessine un cordon de gaz, indique assez la destination de cette partie de l'édifice ; une sorte d'essaim bourdonnant y va et vient sans cesse. Au centre, par la porte ouverte, on entrevoit une vaste salle. Mais ne vous présentez pas pour y pénétrer escorté d'une femme ou d'un enfant : le sergent de ville (pardon, je me trompe ; c'était leur nom jadis ; mais des hommes avaient conservé de cette utile institution un souvenir si désagréable, et pour cause, qu'ils l'ont débaptisée bien vite), le gardien de la paix qui veille à la porte vous barrera impitoyablement le passage ; mais en même temps, avec la politesse qui caractérise ces auxiliaires dévoués de la sécurité publique, il vous indiquera à gauche une autre entrée, par laquelle les personnes qui vous accompagnent seront admises sans difficulté : un large escalier se présentera devant vous ; vous le gravirez ; vous pénétrerez ainsi dans une galerie qui règne à l'intérieur de l'édifice, et de là vous aurez sous les yeux un spectacle étrange.

A vos pieds s'étend une salle de 32 mètres de long sur 18 mètres de large, éclairée par le comble et pouvant contenir deux mille personnes. Une foule d'hommes s'y pressent ; beaucoup sont armés d'un carnet et d'un crayon ; plusieurs se passent de main en main des papiers bleuâtres dans lesquels je crois reconnaître des dépêches télégraphiques. Presque au fond de la

salle, au milieu d'un parquet, se trouve une corbeille
(c'est le mot consacré) entourée d'une grille circulaire
à hauteur d'appui, à l'intérieur de laquelle, semblables
à un écureuil dans sa cage, trois ou quatre messieurs
vont et viennent, échangeant brièvement avec les personnes debout à l'entour des paroles rapides. Des
agents de police circulent, remettant des papiers aux
uns et aux autres. Du sein de cette foule s'élèvent des
cris confus, des sons inarticulés, qui, à ce qu'il paraît,
ont une signification pour les oreilles des initiés,
car, penchés sur de gros livres, des hommes ont l'air
de les y inscrire bien vite ; mais pour nous autres
profanes, il nous est impossible de distinguer quoi que
ce soit au milieu du bruit. Et ce vacarme dure, chaque
jour, de midi à trois heures ; un coup de cloche retentit
alors. Le silence se fait dans la vaste enceinte ; mais
à l'extérieur le tapage continue, et le soir les plus en-
ragés (passez-moi l'expression) transportent sur le
boulevard, devant le passage de l'ancien Opéra, le siège
de leurs bruyantes opérations. Encore, à ce qu'il paraît, c'est à présent la morte saison de la chose, et
bien autrement animé, durant les mois d'hiver, est le
spectacle que je viens d'essayer de décrire.

Mais qu'est-ce donc ? Serait-ce une église, un temple
protestant ? C'est peu probable : abandonné le dimanche,
c'est pendant la semaine que le dieu qu'on semble y
servir a des adorateurs. Une synagogue ? On serait

tenté de le croire, à ne considérer que les enfants d'Israël qui y circulent, importants et nombreux. Mais non ; et pourtant c'est un temple, et du dieu le plus impitoyable qui fut jamais ; d'un dieu pour qui la réussite est tout, les efforts et le travail sans succès moins que rien ; d'un dieu qui, s'il assure à ses heureux fidèles, avec des monceaux d'or, des jouissances sans fin, n'a que des malédictions pour ses victimes et n'offre en perspective à ses martyrs que le désespoir et la ruine. Je l'ai nommé, lecteurs, et sans peine vous l'auriez deviné : c'est le temple de Plutus, la Bourse enfin. Mais que dans cette enceinte on introduise un sauvage débarqué la veille de quelque île lointaine, pourvu qu'il ait du bon sens, qu'il n'ait jamais ouvert un journal, et qu'il n'ait reçu aucune atteinte de notre civilisation, et qu'on l'interroge ; lui non plus il ne cherchera pas, et sans hésiter il répondra qu'il a devant lui des hommes possédés de quelque divinité infernale, ou des gens comme il faut échappés d'une maison de santé.

Et dans cette appréciation, un peu brutale comme est parfois la vérité, se tromperait-il beaucoup ? Non, certes, car à côté d'opérations sérieuses, c'est en de certains jours une folie véritable qui agite la Bourse. Sans doute, par suite des modifications survenues dans l'assiette de la fortune mobilière, les affaires qui ont trait à la négociation des fonds publics et des valeurs

4

industrielles sont devenues une nécessité, et par là
j'entends non seulement les achats et ventes au comp-
tant, mais encore certaines opérations parfaitement ré-
gulières, les reports par exemple, d'autres peut-être que
je ne saurais décrire exactement, n'y ayant jamais, je
dois le dire, exposé un centime. Oui, il faut avoir aujourd'hui son agent de change, comme on a son notaire, et même consulter encore plus souvent celui-là
que celui-ci. Mais que dirai-je de ces spéculations plus
ou moins éhontées qui alimentent surtout la Bourse ; de
ces achats et ventes de centaines de mille francs de rente
par des gens qui n'en ont jamais eu le premier sou ;
de ces manœuvres à la hausse et à la baisse ; de ces
fausses nouvelles frauduleusement répandues ; de ces
télégrammes mensongers impudemment concertés, qui
en une heure font monter ou descendre, sans motif, de
cent francs des valeurs immobiles la veille, permettant
aux auteurs de ces tripotages de réaliser ce qu'ils appellent leurs bénéfices, ce qu'au nom de l'honnêteté
publique je devrais flétrir d'un autre nom ?

Et à la suite de ces liquidations orageuses, que
d'exécutions, pour parler le langage technique, que de
ruines, souvent que de suicides ! Non seulement que de
gens dans l'impossibilité de payer leurs différences
(c'est là le moindre des accidents), mais aussi que d'autres obligés de choisir entre l'alternative de passer en
cour d'assises, ou de mettre la frontière entre eux et

les gendarmes ! Car tous ces jeux malsains n'augmen-
tent pas d'un franc la somme de la fortune publique :
c'est un déplacement, et voilà tout ; de la poche de
Pierre son argent passe dans le gousset de Paul, qui a
été aujourd'hui plus habile, et de là dans la caisse de
Jacques, qui sera demain plus heureux ou plus osé.
Aussi, non seulement que de pères de famille, pour ali-
menter un luxe qu'ils croyaient de leur dignité d'en-
tretenir, ou pour combler le vide qu'avait creusé une première perte, ou encouragés par un premier gain plus
dangereux mille fois, ont ainsi dissipé un patrimoine
qu'ils n'avaient même pas gagné, et qu'un devoir sacré aurait dû réserver intact à leurs enfants ; mais encore
que d'officiers publics, que de notaires, que de banquiers
hier encore honnêtes et considérés, glissant rapidement
sur la pente fatale, ont englouti dans le gouffre de l'argent, des titres qui ne leur appartenaient pas, des économies lentement amassées par vingt ans de labeurs, et
qu'avaient confiés à leurs mains hypocrites des clients
trop crédules, réduits désormais à demander leur pain !

Ah ! malheur, cent fois malheur à ces hommes ! Que
le juste arrêt de leurs concitoyens les flétrisse et les
condamne ; et si, assez heureux pour avoir pu échapper
à la loi vengeresse, ils osent passer sur la terre étrangère des jours sans honte et sans remords, qu'ils de-
viennent sans le savoir la preuve vivante de la nécessité d'une justice éternelle, qui rétablira dans un autre

monde l'équilibre rompu ici-bas entre le crime et le
châtiment! Mais en même temps, malheur à notre époque, qui peut-être a contribué à les faire ce qu'ils sont
devenus! Je ne voudrais pas ici accuser un gouvernement déchu, que représentent un jeune homme et une
femme dignes de nos sympathies ; qu'il me soit permis
cependant de dire ma pensée. Ce que je reproche à ce
règne, qui a été longtemps si prospère en apparence,
ce sont moins ses procédés de compression, que pourtant il est de mode de lui jeter aujourd'hui à la face,
que les instincts exagérés de luxe, les aspirations malsaines à un bien-être tout matériel qu'il a trop favorisés. Des classes élevées ces désirs impatients ont pénétré dans les masses : s'enrichir vite et beaucoup, et
jouir, tel est devenu le mot d'ordre ; et pour y parvenir,
un monde sans principes s'est habitué à ne reculer devant aucun obstacle. La plupart des hommes de ce gouvernement ont disparu ; quelques-uns ont assez vécu
pour voir les premiers ravages de la tempête qu'ils
avaient déchaînée. Planté dans un sable mouvant, l'ar-
brisseau fragile sur lequel ils s'appuyaient ne pouvait
offrir de résistance, et le premier souffle l'a emporté ;
mais quelques racines avaient pénétré jusqu'aux cou-
ches inférieures ; elles y ont trouvé un sol bien préparé :
il en est parti une tige empoisonnée, et nous en re-
cueillons les fruits amers...

De la Bourse au boulevard, où elle arrive en face du
nouvel Opéra, s'étend la rue du Quatre-Septembre.
Singulier titre, n'est-ce pas? Mais que voulez-vous?
c'est comme cela chez nous. A peine une révolution
a-t-elle éclaté, donnant la vie à un gouvernement,
qu'on s'empresse de baptiser, non pas le nouveau-né,
mais quelque chose en son honneur, une rue, une
place. Il semblerait que certains règnes ont si grand
peur de ne pas voir leur nom passer à la postérité,
qu'ils font bien vite en sorte que la postérité y passe.
Nous parcourions précisément la rue du Quatre-Septembre au jour anniversaire de cette date néfaste.
Edmond, toujours prudent (qui le croirait?), se deman-
dait si quelque manifestation ne viendrait pas fêter la
glorieuse journée. « Sois sans crainte, lui dis-je, si le
calme à Paris ne règne pas dans tous les esprits, la
tranquillité la plus complète est assurée sur la voie
publique. » Et, en effet, rien ne vint troubler le cours
ordinaire des choses; les gardiens de la paix firent
comme les jours précédents, chacun sur la partie du
trottoir qui lui est assignée, leur ronde vigilante. Le
soir seulement, dans le restaurant situé sous nos fenêtres, il nous sembla que nous entendions partir quelques bouchons de champagne de plus que de coutume,
et nous nous demandâmes si les bruyants convives ne
faisaient pas en bien buvant l'éloge de la République.

4.

De l'autre côté de la Bourse, à une certaine distance,
rue Notre-Dame-des-Victoires, s'ouvre l'ancienne cour
des Messageries, aujourd'hui silencieuse et déserte;
mais parmi ceux d'entre nous qui ont doublé le cap fatal de la quarantaine, qui ne se rappelle avoir vu circuler encore sur nos routes quelqu'un de ces lourds véhicules à la caisse peinte en jaune? C'était, dit-on, un
curieux spectacle de voir partir les postillons faisant
claquer leurs fouets et luttant de vitesse. Je le veux bien;
mais pour l'admirer, et surtout pour le regretter, j'ai
conservé un trop vilain souvenir d'un parcours de
soixante lieues que j'ai subi il y a vingt ans dans une de
ces pesantes machines, lors du voyage dans le Midi auquel j'ai déjà fait allusion, pendant vingt-sept heures
d'horloge, d'un soir huit heures au lendemain soir onze
heures, depuis Toulouse, où s'arrêtait alors la ligne de
Bordeaux à Cette, jusques à Montpellier. Je me rappelle
même, qu'on me pardonne ce détail, que pendant une
partie de la nuit, étroitement pressés que nous étions
dans notre véhicule, mon épaule servit d'oreiller à une
pauvre fille qui s'en allait en service, quittant pour la
première fois son village natal, et à qui, sans ma présence, je crois pouvoir le dire, un autre voyageur, un
zouave en congé, aux allures conquérantes, aurait fait
passer de bien tristes instants. De tout cela, je le ré-
pète, il m'est resté une impression si peu favorable, que
si la vapeur n'était pas venue substituer à la diligence

un mode de locomotion plus facile, bien certainement,
chers lecteurs, jamais je ne vous aurais fatigués de ma
prose.

Les palais. — Les musées.

Des monuments de Paris, le Palais-Royal est un de
ceux qui m'ont toujours semblé le plus immuables.
Depuis bientôt trente ans que je les connais, ce sont
dans la galerie vitrée les mêmes marchands, à côté les
mêmes libraires, à droite et à gauche du jardin les
mêmes magasins aux brillantes vitrines, où resplendissent le soir à la clarté du gaz, côte à côte, presque
autant l'un que l'autre, le strass de 50 fr. et la
parure de diamants de 2,000, le corail en cire rouge
de 15 fr. et le collier de 200; les mêmes cafés, les
mêmes restaurants, dans lesquels souvent les mêmes
garçons; au premier étage, les salons qui font le
bonheur des dîneurs à prix fixe; et même le
montant de ces festins plus copieux que recher-
chés n'a pas suivi la progression de toutes choses,
puisque de 2 fr. il n'est monté qu'à 2 fr. 25, malgré
les occasions de relever les tarifs, pour ne pas les

baisser plus tard, qu'ont fournies les expositions, le siége et la famine. Dans le jardin lui-même, sous les mêmes tilleuls, les mêmes chaises; dans le même bassin, le même jet d'eau; dans l'enceinte des mêmes grilles, les mêmes parterres. J'allais ajouter le même canon annonçant le même midi, mais je n'ose pas. Nous avons fait en sorte de nous trouver à bonne portée à l'heure voulue; le soleil n'a pas manqué au rendez-vous; mais les rentiers à breloques n'y étaient pas, la montre à la main, attendant fiévreusement la détonation : le canon est resté recouvert de sa carapace de tôle, et il n'a pas parti. Serait-il en vacances? Seuls les promeneurs qui s'agitent dans le cadre animé ont changé : les babys qui faisaient flotter leurs légers esquifs dans le bassin sont devenus des hommes, et voient leurs enfants se livrer à leur tour aux mêmes exercices; ceux devant lesquels jouaient ceux-là sont aujourd'hui des vieillards, et beaucoup sont allés, hélas! où s'en vont toutes choses, les feuilles de l'automne et les neiges d'autan !

J'ai trouvé le Palais-de-Justice achevant de se relever de ses ruines et réparant ses désastres, mais silencieux et désert en ces jours de vacances, et sans une étincelle de la vie bruyante qui l'anime d'ordinaire. Nous n'avons pu voir la salle des Pas-Perdus, encore en reconstruction, ni par conséquent la statue qui s'y trouve de Malesherbes, le courageux défenseur de

Louis XVI; mais par les couloirs solitaires nous sommes arrivés jusqu'à la galerie où s'ouvrent, au sommet d'un large escalier à double évolution, les salles de la cour d'assises. Composant la façade du côté de la place Dauphine, cette partie du palais est complètement neuve; on y accède du dehors par un perron monumental, décoré de lions gigantesques : oh ! mais de vrais lions ceux-là; ne pas les confondre avec d'autres. Nous nous sommes dirigés ensuite vers la cour à gauche, où sont les dépendances du parquet et les salles des quatre chambres de police correctionnelle, qui, fonctionnant à jet continu, ne sont pas de trop pour juger les délits innombrables qui se commettent journellement à Paris. J'aurais été bien aise de donner à ceux qui m'entouraient une idée de ces audiences aux allures rapides, dont nos journalistes spéciaux assaisonnent les comptes-rendus de leur esprit; et puis, pourquoi ne le dirais-je pas? je me plais, quand je voyage, à entrer dans une enceinte où siégent des magistrats en robe : cette vue me rappelle des travaux que j'aime; elle me reporte surtout par la pensée vers une famille judiciaire absente. Mais l'audience était terminée, et il n'en restait d'autre trace qu'une longue traînée de sang, qui de l'escalier au prétoire dénotait qu'on venait de juger en état de flagrant délit quelque scène de violence. C'est, on le sait, dans cette partie du palais que s'élève la Sainte-

Chapelle, ce précieux joyau de l'architecture gothique, resté seul debout, en mai 1871, au milieu de la fournaise qui l'entourait, et dominant, de sa flèche dorée et de la statue qui couronne son chevet, les flammes qui venaient lécher ses murailles.

En face du Palais-de-Justice, séparé par le boulevard, s'élève le monument du nouveau tribunal de commerce; l'intérieur de ce siège de la magistrature consulaire est, à ce qu'il paraît, très-richement décoré; un dôme majestueux en compose le faîte, et, terminant au midi le long boulevard de Sébastopol, comme la gare de l'Est en ferme l'extrémité au nord, forme, vu du perron de ce dernier édifice, une perspective imposante. A quelque distance en arrière, à gauche du parvis Notre-Dame, se dressent les constructions du nouvel Hôtel-Dieu, dont l'achèvement prochain, en permettant de faire disparaître les bâtiments de l'hospice actuel, dégagera enfin de ce côté les abords de la basilique, qu'obstrue d'une façon si triste cet asile de la souffrance. Non loin de là encore, sur la place où fut l'Hôtel-de-Ville, de vastes enceintes en planches interdisent l'accès. De l'ancien et opulent palais municipal, de ces galeries où se sont données tant de fêtes brillantes, pour lesquelles toute l'Europe jadis se disputait des invitations, il ne reste plus que quelques pans de mur noircis par le pétrole. La pioche a achevé l'œuvre de la Commune; mais la reconstruction du monument a été décidée et votée; les ateliers fonctionnent, et bientôt sans doute, avec la rapidité qui caractérise à Paris l'exécution des grands projets, surgira un nouvel Hôtel-de-Ville. Puisse-t-il, plus heureux que son aîné, voir proclamer du haut de ses balcons moins de gouvernements sortis des barricades! Puisse, quand il met à la voile sur les mers orageuses où il se plaît à naviguer, le vaisseau de la grande cité n'apporter jamais au monde, au lieu de la tempête que trop souvent il recèle dans ses flancs pour la déchaîner sur sa route, que des fruits de civilisation, d'ordre et de véritable progrès !

Du Louvre, je ne parlerai que pour dire un mot de ses musées. Ces vastes galeries devaient offrir aux enfants peu d'intérêt; nous les avons donc rapidement parcourues. Mais que de richesses artistiques dans ces salles immenses! Dans la galerie d'Apollon, dans le salon carré, dans ceux qui suivent, que de tableaux de toutes les écoles! Au deuxième étage, dans les musées de la marine, chinois et japonais, dans la salle de Lesseps, consacrée spécialement au canal de Suez, que de choses curieuses! Et dans le musée des faïences, que de précieuses collections! Les salles des antiquités égyptiennes ne sont pas les moins intéressantes, non seulement pour le savant et l'amateur, ce qui n'est pas mon affaire, mais encore, à un autre point de vue, par les pensées qu'elles inspirent. car on y voit clas-

sés méthodiquement dans des vitrines les innombrables dieux de l'Égypte, de ce pays où, suivant la
parole de notre grand Bossuet, tout était Dieu, excepté Dieu lui-même, de ces dieux qui avaient,
comme les peint le psalmiste, des yeux pour ne pas
voir, des oreilles pour ne pas entendre, des pieds pour
ne jamais marcher, une bouche pour ne pouvoir parler, des mains pour ne rien saisir. Ah! ce n'est pas
par le même excès que nous péchons aujourd'hui!
Presque toujours, en Égypte, c'était la reconnaissance
qui plaçait une divinité sur les autels. Sans doute,
ces hommes avaient tort; ils s'arrêtaient en chemin
dans leur culte, et au lieu de s'élever jusqu'à l'auteur
du bienfait, ils adoraient l'être qui en était l'instrument
inconscient et aveugle.

Mais du moins leurs hommages procédaient d'un
sentiment avouable. Nous, nous avons trop d'un Dieu;
il nous gêne, et comme la raison que nous affichons
ne nous permet pas de lui donner nos passions et de
l'asseoir dans un nouvel Olympe, nous le supprimons
d'un trait de plume. Il y a longtemps, en effet, qu'il
a été écrit que c'est dans son cœur et non dans son
esprit que l'insensé proclame que Dieu n'existe pas;
mais en même temps, comme s'est réalisée la parole
de Celui qui a dit qu'il broierait les dieux de l'Égypte!
Car en même temps que nous voyions ces dieux sourds
et muets, rangés dans leurs vitrines, nous enten-

dions les cloches de Saint-Germain-l'Auxerrois qui appelaient à la prière les adorateurs du dieu de Moïse, devenu le nôtre.

Et dans les galeries du rez-de-chaussée, que d'autres richesses accumulées! Ici ce sont les sculptures anciennes et modernes; là encore un musée égyptien; mais cette fois ce sont des sphinx, depuis le plus petit jusqu'au plus colossal, des bas-reliefs, des colonnes, des tombeaux, de vastes sarcophages taillés dans des blocs immenses. Dans le musée assyrien, à côté, se trouvent réunis les produits des fouilles pratiquées dans ces derniers temps sur les bords du Tigre et de l'Euphrate, des sarcophages encore, des taureaux à tête d'homme, des figures gigantesques, des tableaux et des pierres couverts d'inscriptions qui paraissent indéchiffrables, des fûts de colonnes, des débris de palais. En parcourant ces monuments épars d'une civilisation disparue, je me demandais avec effroi si un jour, dans quelqu'un des musées de l'avenir, d'autres visiteurs ne se montreraient pas à leur tour les assises mutilées de ce Louvre où j'étais, restituées par un Champollion de l'époque; et rapproché du souvenir de Ninive et de Babylone, ce que je voyais au loin par delà la vaste place du Carrousel n'était pas fait pour me rassurer beaucoup sur la stabilité des empires les mieux assis et des plus florissantes capitales.

Il me resterait en effet à parler des Tuileries; mais

5

en présence de cette grande ruine, que dire? Sans
doute, le pavillon de Flore, moins atteint par les flammes, et la salle des États qui y fait suite, ont été complètement restaurés, et ils étaient au moment de notre
voyage le siége d'une intéressante exposition de géo-
graphie. Sans doute aussi le pavillon Marsan est en
voie de reconstruction; mais on n'a pas encore mis la
main à la partie centrale, si ce n'est pour l'isoler du
reste du monument par deux profondes coupures, et
cette portion de l'antique palais de nos rois est restée
dans l'état lamentable où l'ont mise la Commune et le
pétrole. On a même enlevé les barrières qui formaient
autrefois l'enceinte du jardin réservé, de sorte que, du
pied de ces pans de murailles, on peut constater de plus
près les ravages du feu, et c'est avec un sentiment de
tristesse indicible que l'on contemple les débris de pla-
fonds et de corniches qui s'appelaient autrefois la salle
du Trône, la galerie des Maréchaux, sans parler de ces
appartements particuliers où étaient ménagés avec tant
de recherche les raffinements du luxe et du confort,
tout cela consumé en quelques heures avec les somptueux ameublements et les objets d'art qui en faisaient
l'ornement. Ah! quelle leçon pour les peuples, peut-
être aussi un peu pour les rois, si les uns et les autres
savaient en profiter! Et sur ces murs chancelants,
comme par une ironie amère, on lit encore les mots
que, dans des jours néfastes, on a écrits sur tous les

édifices publics de Paris, sous prétexte de les préserver :
Propriété nationale, Liberté, Égalité, Fraternité. Oui,
propriété d'une nation qui les brûle, liberté du pétrole,
égalité par la ruine, fraternité qui fusille et qui tue.
Les Tuileries ne sont pas, au surplus, le seul monument qui n'ait point encore été restauré : à deux pas,
rue de Rivoli, des planches marquent toujours l'emplacement du ministère des finances, sauf un petit carré
qu'occupe une maison particulière, au coin de la rue
de Castiglione ; sur la rive gauche, aucune réparation
n'a été faite non plus au palais du conseil d'État, quai
d'Orsay.

Entre ces trois ruines s'étend la place de la
Concorde ; mais à travers les magnificences qui char-
ment les yeux, combien l'esprit qui pense et réfléchit
puise encore là d'amers souvenirs, car sous les splendeurs qui y éclatent à présent, quel passé douloureux !
A l'endroit où se dresse aujourd'hui l'aiguille des Pha-
raons, il fut une époque où l'échafaud était en perma-
nence, et chaque jour une odieuse charrette y amenait
d'affreuses hécatombes humaines. Que de torrents du
plus pur sang de la France ont ainsi coulé ! que de
martyrs héroïques sont tombés, glorieuse escorte des
royales victimes des 21 janvier et 16 octobre ! Sans
doute, la plupart des bourreaux sont venus à leur
tour apporter leurs têtes sous la hache fatale, mais ces
sacrifices impurs étaient impuissants à rien expier ;

et après le bombardement par les Allemands de la ville
régicide, suivi des incendies de la Commune, à la vue
des palais en cendre que je pouvais embrasser du regard, j'étais tenté de me demander si quelque chose
des imprécations que dans les chœurs d'*Athalie* lance
contre Jérusalem la bouche prophétique de Joad ne
s'était pas abattu sur la nouvelle reine des cités. Ah !
bien plutôt, ô Dieu de Clotilde et de saint Louis, dé-
tournez ce présage ; que les voix éloquentes qui au
ciel et sur la terre prient avec instance pour le salut
de la France soient enfin exaucées, et que le voyageur attristé ne cherche pas un jour, sur les bords silencieux de la Seine, les champs où fut Paris !

Nous avons enfin visité, dans le palais de l'Industrie,
aux Champs-Élysées, une magnifique exhibition, véritable exposition universelle au petit pied, qui sous je
ne sais quel prétexte de bienfaisance y était installée :
des voitures, de riches ameublements, des ustensiles,
des outils, des engins de toute sorte, une collection
très-variée d'instruments de musique, des produits de
toute espèce encombrent la nef et les galeries supé-
rieures. Ce ne sont pas des heures, ce sont des journées qu'il faudrait pour parcourir avec fruit ces vastes
espaces ; ce sont surtout souvent des connaissances
spéciales, qui ne sont que le privilége d'un petit
nombre de visiteurs. Dans une sorte d'annexe, la vapeur mugit et met en mouvement de puissantes ma-

chines. « Ce que c'est que de vouloir trop s'élever ! » me
disais-je en regardant ces merveilles de l'industrie.
De l'immense palais qui a abrité l'exposition de 1867,
cette dernière manifestation si vivante en apparence
d'un empire expirant, dont les souverains qui sont
venus la visiter devaient prendre bientôt une impla-
cable revanche, il ne reste pas pierre sur pierre ; sa
carapace de fer, ses phares, les kiosques qui faisaient
des jardins qui l'entouraient un Orient en miniature,
ont disparu ; l'étranger qui en foule l'emplacement a
peine à s'y reconnaître ; et le monument bien plus modeste de 1855 demeure. Je viens de parler du Champ-
de-Mars : j'aurais voulu prolonger nos courses jusque-
là ; le temps nous a manqué. Mais j'ai tenu du moins
à aller jusqu'à l'esplanade des Invalides, et nous avons
pu voir la façade du palais qui recueille les débris mutilés de nos armées, et au devant ces canons dont la
voix tonnante annonçait à Paris, du temps où il y en
avait à célébrer en France, d'insignes victoires et d'au-
gustes naissances.

Les promenades.

Que dirai-je maintenant des promenades de Paris,
du jardin du Luxembourg par exemple, que rendent
si charmant au printemps les fleurs qui garnissent
les vases de son parterre; des Champs-Élysées, qui,
avec le jardin des Tuileries et la place de la Concorde
qui les précèdent, forment un ensemble que l'Europe
nous envie, si animé le jour, si resplendissant le soir,
aux feux de mille lumières, jusqu'à l'Arc-de-Triomphe,
qui en borne la longue perspective, centre lui-même
de douze avenues qui rayonnent à l'entour ; des larges
boulevards qui, pendant le troisième empire, ont commencé à sillonner tout Paris, jaillissant, pour ainsi dire,
sous la parole créatrice d'un gouvernement et d'une ad-
ministration trop prodigues peut-être envers une ville
qui les a bien mal récompensés ; des squares qui, nombreux et verdoyants dans les différentes parties de la
capitale, offrent durant de longues heures un refuge
aux malades et aux vieillards du voisinage, que leur
âge ou leur santé empêche d'affronter la circulation
des grandes rues?

Je nommerai cependant le parc Monceaux, qui, centre d'un nouveau quartier, ouvert toute la journée aux
voitures et aux piétons, est une des plus délicieuses

promenades du Paris moderne, avec des semblants de ruines, des bassins, des cascades, une rivière qui serpente au milieu de parterres gazonnés, tout cela dans une enceinte de grilles richement ornées, dans laquelle on pénètre par quatre entrées monumentales, d'une magnificence exceptionnelle. Aux alentours s'élèvent de somptueux hôtels que dominent les coupoles de l'église russe, s'élançant dans les airs, surmontées chacune d'un petit dôme terminé lui-même par une croix à double branche, qu'accompagne une double chaîne pendante, tout cela doré.

Je dirai surtout quelques mots des buttes Chaumont, à l'autre extrémité de la capitale, le parc le plus extraordinaire, sans contredit, de ceux qui ont été créés dans le Paris nouveau. Autrefois ces buttes n'étaient qu'un grand espace de terrains âpres, incultes, coupés de ravins et de fondrières, sur le sommet desquels s'élevait le gibet fameux de Montfaucon ; il en reste une partie encore dans son ancien état, qu'on dirait avoir été laissée comme à dessein, pour former contraste. Eh bien ! des travaux merveilleux, entrepris il y a dix ans, ont changé ce désert en un vaste jardin d'une superficie de 22 hectares, devenu bientôt l'une des promenades les plus fréquentées, malgré sa situation excentrique. Profitant habilement des accidents du terrain et de la nature du sol, on a taillé dans la roche friable des grottes avec leurs stalactites ; on y a creusé des ra-

vins escarpés, des précipices à pic, des lits torrentueux
où descendent avec fracas des cascades écumantes, des
pentes plus douces où coulent en gazouillant de murmu-
rants ruisseaux, qui se réunissent pour former dans le
vallon une large rivière. Dans un coin on semble avoir
voulu faire des Pyrénées en miniature : entre deux
hauteurs abruptes on a jeté, comme sur la route de
Gavarnie, un pont Napoléon sous lequel coule un Gave
improvisé, tandis que non loin de là, au sommet d'un
rocher disposé avec art, un kiosque rappelle la colonne
de la reine Hortense à Saint-Sauveur.

En même temps, on a ménagé des points de vue d'où
l'on découvre des quartiers entiers de Paris, et au milieu de tout cela des parterres fleuris, des bouquets
d'arbres, des massifs de sapins de la plus magnifique
venue et du plus beau vert, des sentiers sinueux, et
de larges allées où circulent les voitures. Quelles dé-
penses a dû entraîner cette transformation ! mais aussi,
comme c'est merveilleusement réussi, et quel contraste pénible entre cette riche nature, tout artificielle
qu'elle est, et les quartiers de la Villette et de Belleville
qui s'étendent à l'entour ! Quel aspect que celui de
ces rues sales, de ces maisons malpropres où sèchent
aux fenêtres des linges en lambeaux, tristes haillons
de la misère ! Et qu'on s'étonne moins, après cela, que
ces hauteurs aient été la grande forteresse de la Commune, et que les populations déshéritées qui y vivent

revendiquent, le bulletin de vote et au besoin le fusil
à la main, ce qu'elles appellent leurs droits contre une
société où elles ne voient qu'une marâtre! Pauvres
gens! ils sont assurément bien coupables, et loin de
moi la pensée de les excuser, encore moins de les jus-
tifier, mais combien plus criminels mille fois ceux qui
les égarent, et bornant aux horizons d'ici-bas les vues
de ces malheureux, leur enlèvent avec l'espérance d'une
vie meilleure la patience et la résignation chrétiennes !

Moins séduisant, mais plus grandiose, le bois de Boulogne m'est apparu ; là, la scène se rapproche davantage
de la réalité : ce sont de vrais bois, de vrais gazons, j'allais dire de vrais lacs, de vrais rochers et de véritables
cascades, presque la nature prise sur le fait. Et quelle
animation dans les allées, par un beau soleil, de quatre
à cinq heures du soir, c'est-à-dire au moment où, suivant l'expression consacrée, on va au bois ! Par l'a-
venue de l'Impératrice, aujourd'hui avenue du général
Uhrich, arrivent à la file de fringants équipages : à
côté du fiacre modeste de brillants landaus, la dame
du grand monde et la chanteuse à la mode, l'attelage
aristocratique de la noble famille du faubourg Saint-
Germain et le coupé capitonné de la femme du quartier Bréda, qui ne lui a même pas coûté le prix d'une
vertu qui n'était plus à vendre, la toilette tapageuse
de celle-ci, la tenue presque aussi excentrique de celle-
là, car aujourd'hui ce n'est guère par la mise que l'une

5.

se distingue de l'autre. On suit les contours du grand
lac, aux îles reliées ensemble par un pont rustique,
aux eaux que sillonnent à la fois des barques et des
canards ; on admire le kiosque, sur le promontoire
élevé qui s'avance au milieu ; puis le lac supérieur, les
rochers, leurs belles nappes d'eau. Par une longue
avenue boisée on arrive à la grande cascade ; descen-
dant jusqu'à la grotte devant laquelle elle tombe, on
aime à s'en approcher assez pour que l'écume jaillisse
sur vous ; on passe ainsi sous cette chute d'un nouveau Niagara. Remontant enfin par un escalier aux marches glissantes, on arrive au sommet du rocher, et l'on
y jouit d'un magnifique panorama : le moulin, dernier
vestige de l'ancienne abbaye de Longchamps, les tribunes des courses, la pelouse où se livrent les combats du turf, et au-dessus la masse sombre du mont
Valérien, le vigilant gardien qui protége Paris à l'oc-
cident.

Dans la partie du bois de Boulogne qui va de la
porte des Sablons à celle de Madrid, s'étend l'enceinte
réservée au Jardin d'acclimatation, toujours fréquentée
par une foule nombreuse. Fondé en effet par une
société d'actionnaires, cet établissement est devenu la
vogue, le succès du jour. Il faut reconnaître que c'est
justice, et que pour 1 fr. par personne, prix d'entrée
qui y est perçu, il est impossible de faire avec aussi
peu de fatigue le tour du monde d'une manière plus

fructueuse. Là se trouvent réunis tous les animaux
de la création, moins les fauves : dans d'immenses
volières voltigent ici des perroquets, des oiseaux-
mouches, brillants produits des tropiques, déployant
les couleurs variées de leur plumage ; là des pigeons
rares, des faisans magnifiques. Dans un vaste chenil,
tous les chiens possibles font entendre de longs aboie-
ments. Dans les différents bacs de l'aquarium vit tout un
monde inconnu ; on croirait voir le fond de l'Océan :
des squales, des chevaux marins, jusqu'à des polypes,
des éponges et des étoiles de mer, ces animaux qui,
occupant le dernier degré dans l'échelle des êtres, ne
manifestent leur existence que par de légers mouve-
ments dans leurs rameaux. A côté, deux nouveaux
venus, les ontaries ou chiens de mer, une espèce de
phoque, plongent et replongent dans les eaux d'un
large bassin leurs croupes luisantes. Çà et là, dans des
parcs, se promènent lentement, presque en liberté,
tous les ruminants connus, des rennes, des vaches,
des chèvres, des cerfs ; dans un enclos sévèrement
surveillé, cinq girafes avancent leurs têtes grêles au-
dessus des grillages. Dans une rivière aux eaux
un peu jaunes barbotte tout un peuple de canards, et
des flamants aux échasses rouges, droites et effilées,
au plumage d'une éclatante blancheur, plongent leur
long bec emmanché d'un long cou. Dans des niches
pullule un monde de lapins. Ici, ce sont les cages des

poules, parmi lesquelles nous distinguons des brahmas de notre connaissance; là, les écuries où hennissent de charmants poneys qui secouent impatiemment leur crinière, attendant un cavalier. Dans les allées, des zèbres à la robe marbrée traînent des tonneaux d'arrosage. J'en passe, et des meilleurs.

En même temps des divertissements variés sont offerts aux visiteurs : pour les grands, deux fois par semaine, le jeudi et le dimanche, à trois heures, des artistes distingués font entendre sous un kiosque élégant une excellente musique; pour les petits, on a organisé des courses : moyennant 25 centimes par personne, toute une famille d'éléphants est mise à la disposition des enfants. On s'embarque gaîment sur une estrade élevée à la hauteur convenable ; et chargé de son précieux fardeau le père éléphant fait gravement sa promenade, suivi de madame son épouse et de monsieur son fils, qui ne portent rien et battent la mesure avec leur larges oreilles. Ou bien un dromadaire, se mettant docilement à genoux, reçoit entre ses deux bosses une charmante jeune fille; ou bien encore, se laissant atteler à une voiture légère, une autruche franchit à son tour la distance voulue; tout cela au milieu d'une riche nature, d'une luxuriante végétation. Tel est en quelques mots un aperçu des curiosités qui font de l'enceinte de la Société zoologique un délicieux jardin, présentant la physionomie la plus animée.

Nous avons consacré à le visiter, ainsi qu'à parcourir le bois de Boulogne, deux après-midi successives.
Le premier jour, nous avions pris une voiture à l'heure,
et pour nos 7 fr. nous nous sommes fait promener
dans les allées ombreuses que n'obscurcit jamais la
poussière, arrosées qu'elles sont par une armée de
préposés. Le lendemain, nos véhicules ont été bien
plus variés : nous sommes montés devant la Bourse
dans l'omnibus de Passy, jusqu'à la place de l'Étoile,
où nous l'avons quitté pour suivre jusqu'à la porte des
Sablons le tramway de Courbevoie. C'était la première
fois que nous usions de ce mode de circulation nouveau
pour nous, bien que déjà assez répandu dans Paris, et
nous avons reconnu qu'on ne saurait trop l'apprécier.
Qu'on se figure un wagon exactement semblable à
ceux des chemins de fer, muni à l'intérieur de deux
banquettes dans le sens de sa longueur, comme un
omnibus, à l'avant et à l'arrière d'une plate-forme où
l'on se tient debout, garni d'un frein puissant pour
modérer au besoin la vitesse, s'arrêtant sans effort
quand un voyageur veut monter ou descendre, et cir-
culant sans secousse, au trot rapide de deux chevaux,
sur des rails creux en fer. C'est là du moins le modèle en usage sur la ligne de Courbevoie. Divers autres
sont en service dans d'autres quartiers; mais celui que
je viens de décrire est le plus récent, le plus parfait
par conséquent : espérons donc que ce sera la voiture

adoptée pour notre futur tramway orléanais, à moins
toutefois que d'ici là survienne un nouveau perfec-
tionnement. Au retour, le même véhicule nous a ra-
menés à la porte Maillot; là nous avons pris jusqu'au
Point-du-Jour le chemin de fer de ceinture. Je voulais
faire admirer aux miens les charmantes habitations de
ce quartier, le magnifique viaduc d'Auteuil, le pont sur
la Seine, que j'avais vus criblés par les obus lancés de
Montretout. Enfin, sur un bateau-mouche, à la grande
joie de Louis, nous avons remonté le fleuve jusqu'aux
Tuileries, saluant l'un après l'autre des ponts aux noms
glorieux : le pont d'Iéna, puis les soldats à l'air martial
qui, fièrement sculptés sur les piles du pont de l'Alma,
l'arme au pied, semblent garder le passage, et tout
le long de la Seine, un peuple de pêcheurs à la ligne,
auxquels un des voyageurs, Parisien pur sang, lançait
à la volée ses plus joyeux lazzis.

On comprend que devant l'astre nouveau du Jardin
d'acclimatation, qui se levait à l'horizon opposé, l'éclat
du Jardin-des-Plantes ait pâli. Le cèdre planté par Ber-
nard de Jussieu, il y a cent quarante ans, continue
cependant à ombrager de ses planchers symétriques les
sentiers du labyrinthe; mais les collections d'animaux,
bien moins précieuses qu'au Jardin d'acclimatation,
sont un peu délaissées; seuls les fosses des ours, les
loges des bêtes féroces, le palais des singes, les gen-
tillesses de Martin faisant le beau devant le pain qu'on

lui jette, les rugissements des lions et des tigres, les agaceries de ceux dont on prétend que nous serions les fils perfectionnés, ont conservé le privilége d'attirer la foule. Grâce à un vieux passeport de quatre ans dont je m'étais muni à tout événement, nous avons été admis à assister au repas des fauves, ainsi qu'aux ébats plus intimes des singes; nous avons obtenu d'entrer dans les enceintes réservées où l'on voit de plus près, endormis les uns sur les autres, au bord de leurs bassins, sous les rayons d'un soleil impuissant à les réchauffer, les caïmans et les crocodiles; puis l'éléphant et la girafe, le chameau et l'hippopotame, dans les appartements particuliers de leur vaste rotonde; nous avons enfin visité les galeries d'histoire naturelle et d'anatomie comparée, parcourant, à côté de spécimens de tous les animaux connus, une collection de squelettes humains suffisante dix fois pour nous empêcher de dormir pendant quinze nuits, si la fatigue de chacune de nos journées n'y avait mis bon ordre.

Le Père-Lachaise.

Après la vie, la mort ; après le bois de Boulogne, le Père-Lachaise. La vaste nécropole de l'Est est, en effet, l'un des lieux que, par un contraste qui n'est pas sans intérêt, on se fait un devoir de visiter à Paris. On y arrive par la rue Lafayette, puis par la rue de la Roquette, cette triste avenue qui déjà est presque un cimetière, uniquement peuplée qu'elle est de deux sortes d'établissements : le comptoir du marchand de vins, grossière consolation du pauvre ; l'atelier du fabricant de monuments funèbres, témoignage fastueux de la douleur du riche. A droite et à gauche s'élèvent les bâtiments où subissent leur peine, d'un côté les jeunes détenus, de l'autre les condamnés ordinaires. C'est dans un des chemins de ronde de ces vastes prisons qu'ont été fusillés, le 24 mai 1871, les ôtages de la Commune ; là sont tombés au premier rang Mgr Darboy et M. le président Bonjean, la magistrature et le clergé, mêlant leur sang dans cet instant suprême, comme souvent dans notre ville ils aiment à confondre leurs bonnes œuvres et leurs prières. Jeté de là dans la fosse commune, le corps du pieux archevêque y fut retrouvé quatre jours après. Donnez, ô voyageur, une larme et une prière à ces victimes héroïques de nos luttes fratricides! Sur la place ont lieu les exécutions capitales; les restes mutilés des suppliciés n'ont que deux pas à faire pour franchir leur dernière étape.

Le cimetière s'étend sur un plan incliné dont la chapelle funéraire publique est loin d'occuper le sommet, puisque bien au-dessus s'élèvent encore des tombeaux. On arrive à ces hauteurs par une pente assez raide, et de là on découvre presque tout Paris; le champ du repos, de même que les buttes Chaumont, domine en effet tout l'est de la ville, comme pour faire sentir à la grande capitale que nuit et jour la mort plane sur elle, et que c'est assez d'un instant pour que son souffle empoisonné se répande partout, jetant sur son passage le deuil et l'épouvante, dans la triste mansarde comme dans les plus opulentes demeures. Tout le long de la pente, tout autour des allées sinueuses, se dressent des tombeaux, quelques-uns grandioses, la plupart plus ou moins ordinaires, plus de 1,700 monuments, dit-on. L'étranger, un *Guide* à la main, cherche les sépultures historiques, celles d'Héloïse et d'Abeilard, hier complètement ruinées et que l'on restaure aujourd'hui; celles de Lafontaine et de Molière, presque en aussi mauvais état; celle de Casimir Périer; la chapelle de la famille Say et bien d'autres. Des ouvriers taillaient une pierre immense: c'était celle dont l'Assemblée a voté l'érection, aux frais de l'État, sur les tombes des généraux Lecomte et Clément Thomas, ces premières victimes de la Commune qu'ils avaient peut-être inconsciemment préparée. Sous la toile qui abritait les sculpteurs, j'ai cru lire en grosses lettres les mots : *République française*. Est-ce une idée heureuse que cette inscription ambitieuse sur les restes de deux hommes en la personne desquels cette mère barbare semble s'être attachée à montrer que, nouveau Saturne, suivant la parole de Danton, elle continue à dévorer ses enfants? Un coin retiré du cimetière pourrait s'appeler le quartier des maréchaux : là reposent nos illustrations militaires. En parcourant de ce côté les allées désertes, je me rappelais les beaux vers où Virgile dépeint dans les Champs-Élysées le séjour des guerriers, et représente les âmes magnanimes des héros qui ne sont plus s'exerçant encore dans ces sombres demeures aux mêmes travaux qui sur la terre avaient fait leur bonheur et leur gloire.

Sous toutes ces dalles silencieuses, quel monde évanoui! Que de générations qui y dorment leur dernier sommeil, depuis que le confesseur de Louis XIV a donné son nom à la funèbre enceinte! Mais en même temps, que tout cela est froid! Non seulement pas d'insignes religieux, mais pas même de pieux souvenirs : pas de couronnes, pas d'emblèmes, rien sur ces pierres magnifiques, sur ces marbres précieux ; on dirait des tombeaux vides. Dans les allées solitaires, rien que des curieux et des indifférents. Que leur sont à eux, à moi

tout le premier, ces morts illustres? Je vois un nom sur
une tombe; je m'approche, je lis, et je passe à une
autre. Chaque année, le lendemain du 2 novembre, les
journaux parlent invariablement de la foule qui la veille
s'est pressée dans les cimetières, et prennent de là occasion de célébrer la piété du peuple de Paris envers
ses morts. Je le veux bien, et pourtant cela m'a toujours étonné, quoique en de certains jours le Parisien
soit capable de tout, même d'une bonne pensée. Serait-
ce alors que son culte, comme bien des choses autour
de lui, ne durerait qu'un jour par an; ou que les
classes riches, qui ont surtout leurs sépultures au Père-
Lachaise, feraient à l'empressement général une ex-
ception fâcheuse?

Que bien plus poétique m'apparaît dans la campagne
le cimetière de village que j'aperçois le long de la
voie ferrée! Ses croix de bois, du moins, ne me rappel-
lent pas seulement, par la salutaire pensée de la mort,
que la vie est aussi un voyage; elles m'avertissent encore que sur ces deux bandes étroites de fer où la vapeur
m'entraîne, c'est assez d'une pierre, d'un choc, d'un
rien, sans compter les accidents ordinaires qui menacent toute existence, pour me précipiter à cette issue
fatale. Combien surtout j'aime mieux dans leur simplicité relative nos nécropoles d'Orléans! Là, chaque pas
dans les allées, chaque regard jeté à droite et à gauche
nous rappelle un nom connu, souvent une personne à

laquelle nous unissaient des relations d'affaires, des liens d'estime ou d'amitié, souvent un être bien tendrement chéri. Qu'il nous suffit, en effet, d'avoir peu vécu pour que nous ayons laissé au passage, accrochés aux buissons de la route, quelque bien chère partie de nous-mêmes, quelque lambeau déchiré de notre cœur saignant! Il y a longtemps déjà pour moi, c'était un père, une mère bien-aimés; et depuis, que de parents, que d'amis j'ai conduits à leur dernière demeure, les uns chargés d'années; quelques autres à l'aurore de la vie, la plupart dans la maturité de l'âge !

Un jour, c'était le maître dévoué dont les leçons et les exemples m'ont appris pendant huit ans à aimer Dieu et à conquérir une position parmi les hommes. Un autre jour, c'était quelqu'un des savants professeurs qui m'ont initié aux secrets de la science humaine. Cette année même, c'était un prêtre vénérable dont les conseils m'ont aidé pendant trente-cinq ans à combattre les combats de la vie. Cette fois, hélas! je n'aurai pas à lui offrir ce nouvel essai de ma plume, et, avec l'aimable enjouement dont il était doué, il ne pourra plus me plaisanter sur les incidents que j'aurai racontés. Heureux du moins, celui-là, intact de corps et d'esprit, aimé de tous, justement estimé, il a pu fournir sans défaillance une longue carrière, et c'est presque au pied de l'autel qu'il est tombé, dans une verte vieillesse et le plein exercice de son saint ministère : puissent au ciel ses prières continuer le bien qu'il a fait ici-bas à tant d'âmes! Il y a deux mois à peine, c'était un collègue, excellent et dévoué; huit jours après, un autre collaborateur dont nous aimions souvent à consulter l'expérience éclairée, brusquement ravis à nos travaux communs.

C'est là enfin que depuis trois ans tu reposes, cher Maurice. Ah! l'auteur de l'*Imitation* l'a bien dit, les jours de l'homme sont en petit nombre et mauvais, semés de douleurs et de traverses! Et loin que le temps écoulé ait adouci l'amertume de nos regrets, le retour du mois de mai, cette année, les a doublement ravivés, car en même temps qu'il nous ramenait le triste anniversaire, il nous apportait l'époque où pour la première fois, si tu avais vécu, il t'aurait été donné de t'approcher du sacrement de nos autels. Et avec quelle foi ton esprit sérieux se serait préparé à cet acte solennel! avec quelle piété ton cœur aimant l'aurait accompli! Dieu ne l'a pas permis; en te rappelant à lui plus vite, il a voulu sans doute, dans ses desseins impénétrables, t'épargner les luttes qui attendent ici-bas toute existence humaine, et t'assurer plus tôt une place à son banquet sans fin. Gémissants, mais soumis, nous adorons, ô Seigneur, votre volonté sainte; et toi, enfant bien-aimé, du sein des demeures éternelles où l'ange de la mort t'a emporté, prie pour nous tous, et demande à Dieu qu'il veuille nous conserver longtemps les uns aux autres!

Versailles.

Si je disais que du Père-Lachaise à Versailles la
transition est toute naturelle, peut-être prendrait-on
cela pour une épigramme, et cependant rien ne serait
plus vrai. Personne n'ignore, en effet, quel aspect dé-
solé présente dans les moments ordinaires l'ancienne
résidence de nos rois, combien sont déserts la cour
immense du palais, où doit s'étonner de se trouver
aussi seul Louis XIV sur son piédestal ; les vastes
jardins où, si nombreux qu'ils soient, les promeneurs
paraissent toujours rares ; les larges avenues et les
rues mêmes de la ville, dont le silence solennel n'est
interrompu un instant qu'à l'arrivée ou au départ des
trains. Je m'imaginais que la présence de l'Assemblée
devait apporter, au moins pendant les sessions, un
peu d'animation dans cette solitude ; il paraît que je
m'étais trompé, et un huissier du palais me le disait,
en termes trop peu flatteurs et trop injustes à l'endroit
de nos représentants, pour que je me hasarde à les
reproduire. Une journée à Versailles reste cependant
l'appendice obligé d'un voyage à Paris ; j'aurais volontiers, en ce qui me concerne, dérogé à la règle ; mais
je tenais à ce que les enfants eussent au moins une

idée de ce qui est le siége officiel du gouvernement
de la République qui nous régit.

Le meilleur procédé à suivre, à mon avis, pour faire
utilement l'excursion voulue, consiste à aller par le
chemin de fer rive droite, pour revenir par la rive
gauche: rien de plus facile d'ailleurs, les billets
d'aller et retour qu'on délivre à l'une et à l'autre gare
étant valables sur les deux lignes. On jouit au départ
du spectacle de l'animation qui règne toujours à la
gare Saint-Lazare, et l'on se demande par quel tour de
force, grâce à quels prodiges d'organisation des centaines (et des milliers à certains jours) de voyageurs
arrivent et partent à toute minute, sans encombrement,
sans accident, presque sans effort. On prend donc le
train; on a le charmant coup d'œil de la traversée de
la Seine à Asnières; à gauche, Courbevoie, Puteaux,
Suresnes, apparaissent tour à tour, semant dans la vallée
leurs coquettes habitations, puis par delà le fleuve
le panorama du bois de Boulogne, l'hippodrôme de
Longchamps, la pelouse au milieu, d'un côté les tribunes, de l'autre le dôme de verdure qui l'entourent, et
au loin l'Arc-de-Triomphe et Passy; à droite la formi-
dable enceinte du mont Valérien couronnant la colline.
Puis on pénètre dans les tunnels de Saint-Cloud, et
l'on ne tarde pas à s'arrêter à Versailles. Au retour,
on traversera d'abord les sites variés de Sèvres et de
Virollay; un moment après, des viaducs de Bellevue

et de Meudon, on découvrira tout l'ouest de Paris ; on
verra de nouveau, à l'extrême horizon, les hauteurs
qui avoisinent les Champs-Élysées ; plus près, éclairé
par le soleil qui bientôt va disparaître, le dôme doré des
Invalides ; quelques minutes plus tard, on aura atteint
la gare enfumée du boulevard Montparnasse, et de là
on regagnera le centre de Paris par la longue rue de
Rennes, qui, tracée déjà jusqu'au boulevard Saint-
Germain, deviendra, quand elle sera achevée, l'une des
plus belles artères de la rive gauche.

Ne voulant pas m'étendre, on le comprend, sur le
palais de Versailles, je n'en dirai absolument rien. Ce
ne sont pas quelques pages, en effet, c'est un volume
qu'il faudrait pour en décrire, même sommairement,
les grandeurs, la magnifique galerie des batailles, la
merveilleuse galerie des glaces, qui sur une longueur,
la première de 120 mètres et la seconde de 73 mètres, occupent des ailes entières du premier étage ; la
chambre à coucher de Louis XIV, que semble encore
habiter l'ombre du grand roi ; tant d'autres salons,
d'appartements somptueux, devenus, par les tableaux
de nos gloires qui les décorent, autant de pages de
notre histoire nationale. Et dans les jardins, quels tapis
verdoyants, quelles charmilles touffues, faisant succé-
der leurs gazons ou leurs ombrages aux fleurs du parterre inondé de soleil ! Que de bassins d'où l'eau jaillit
à flots précipités, celui de Latone, celui de Neptune,

ou de vastes nappes liquides, la pièce des Suisses par exemple! Nous n'avons pas d'ailleurs pu visiter toutes les salles; une partie, celles, entre autres, précisément où sont classées les peintures qui auraient pu surtout intéresser les enfants, les tableaux de nos guerres d'Afrique et de Crimée, est occupée par les bureaux de l'Assemblée nationale, et le public n'y est plus admis.

Nous sommes allés ensuite aux deux Trianon; ce n'était pas un des jours où ces palais sont ouverts; mais, vous savez, il est avec l'huissier des monuments nationaux, cette variété du concierge, des accommodements faciles. Seulement la clé de fer qui lui sert d'habitude ne vaut rien pour les jours réservés; c'est une clé d'argent qu'il lui faut alors; et elle s'use bien vite: le métal sans alliage dont elle est faite n'est pas dur, et l'entretien en devient coûteux. On vous dit donc qu'on ne devrait pas vous laisser entrer, que cependant.... Vous avez compris, n'est-ce pas? Alors la porte s'ouvre; vous visitez, et en sortant se présentera, à une place où vous ne pourrez l'éviter, une main qui, discrètement entrefermée, empêchera de tomber à terre la pièce de monnaie que vos doigts laisseront échapper. Ainsi nous avons parcouru successivement les Trianon, les gracieux appartements de l'un, puis les jardins de l'autre, tout pleins encore du souvenir de Marie-Antoinette; le village suisse et ses châlets rustiques; les

6

étables champêtres et la laiterie aux tables de marbre
où l'infortunée reine aimait à jouer à la fermière ; la
rivière creusée à travers le gazon, et les massifs de
magnifiques arbres verts qui encadrent le paysage.
Nous avons vu enfin les salles où dorment sans emploi les voitures du sacre et les carrosses dorés, tour
à tour instruments dociles des fêtes impériales ou
royales.

En parcourant les vastes galeries de Versailles, ma
pensée se reportait au fatal hiver de 1870-1871,
pendant lequel l'empereur Guillaume a occupé le palais, moins surpris assurément de s'y voir, tant était
grande sa confiance dans ses armes et dans notre faiblesse, que le doge de Venise en 1685, et je ne pouvais m'empêcher de reconnaître (il faut être juste
surtout envers ses ennemis) que l'empereur d'Allemagne
n'a pas abusé de l'hospitalité forcée que lui ont donnée les appartements de Louis XIV pour détruire les
richesses qui y étaient entassées. Sans doute, il n'a
fait que ce à quoi l'obligeait le droit des gens ; mais
un chef est-il toujours assez maître, sinon de lui-même,
du moins de ses soldats, pour empêcher des actes que
réprouve l'honneur? Sans doute encore, les Allemands
sont loin d'avoir montré partout la même discrétion ;
mais, nous-mêmes, avons-nous toujours fait preuve
d'un grand respect pour les trésors que renfermaient
les églises d'Espagne et d'Italie, et dans un temps

moins éloigné les palais de la Chine et du Mexique ?
Aucun des tableaux du musée historique de Versailles
n'avait cependant été déplacé, que je sache ; tout au
plus peut-être certaines précautions avaient-elles été
prises pour les soustraire aux ravages immédiats des
envahisseurs. Dans tous les cas, que de peintures restaient à leur merci ! Et à la vue de plus d'un de ces
chefs-d'œuvre, les batailles de Valmy et d'Iéna par
exemple, les Prussiens devaient sentir leur patriotisme
quelque peu irrité. Il est vrai qu'en même temps ces
souvenirs devaient leur inspirer un sentiment d'orgueil
national, en leur rappelant de quels désastres ils avaient
su se relever, par la fermeté, l'union et la constance.
Puissions-nous faire de même ; nous mettre en état
de comparer bientôt à ce que nous sommes ce que
nous serons devenus ; réparer enfin assez complètement les ruines de la patrie pour qu'un jour nos enfants vainqueurs, sur les places de Berlin et dans les
palais de Potsdam, puisent dans la pensée de leurs
succès d'alors la force de respecter à leur tour les monuments odieux et les tableaux détestés des défaites
de leurs pères !

Une autre remarque, si vous le voulez bien, car je
n'oublie pas que ce sont surtout des impressions que
je vous ai promises : j'ai vu avec plaisir, et je le dis
ici, bien entendu, sans esprit de parti, conservés dans
deux salles du second étage ouvertes au public, les

portraits des princes d'Orléans et de la famille impériale. Un pays ne peut que s'honorer en respectant ses grandeurs déchues; et parmi ces peintures j'ai salué .particulièrement celle qui reproduit les traits du fils aîné du roi Louis-Philippe, dont la fin prématurée a été justement regardée comme un deuil public, les événements qui se sont succédé depuis ne l'ont que trop montré; à côté, celui qui, jeune enfant alors, est appelé aujourd'hui à recueillir l'héritage paternel; puis les frères du duc d'Orléans, dont la plupart portent encore à présent vaillamment l'épée; la douce figure enfin de leur sœur, la princesse artiste, l'auteur inspirée de la statue de Jeanne d'Arc que nous connaissons tous.

Un dernier mot encore avant de quitter Versailles, et ce sera un conseil : n'y achetez quoi que ce soit, ni un rafraîchissement, ce sera de la mauvaise eau chaude, payée au poids de l'or, comme tout ce qui s'y vend; ni un *Guide,* qui non seulement ne sera pas complet, mais encore, rédigé dans un ordre différent de celui qu'on observe pour la visite du palais, ne vous permettra généralement d'y trouver un appartement qu'après l'avoir parcouru. Méfiez-vous enfin d'un certain cocher numéro 37; c'est un brave homme, sans doute, conservateur et monarchiste, quoique cocher, très-complaisant, car il voudra vous promener partout, et il révèlera naïvement pourquoi : « Le voyageur, vous dira-t-il, s'en trouvera mieux, et le cocher pas plus mal. » Mais en même temps c'est un affreux bavard, et si vous n'y prenez garde, il vous fera manquer le train, ce qui nous serait arrivé si, munis au départ de billets d'aller et retour, nous n'avions eu juste le temps de nous précipiter dans un wagon qui allait s'ébranler.

6.

Ainsi s'écoulèrent les huit jours que nous nous étions proposé de passer à Paris. Mille choses intéressantes nous restaient à visiter; mais pressés par le temps, nous étions obligés de faire un choix. De même, parmi celles que nous avons vues, il en est un grand nombre dont je n'ai pas parlé; mais je ne pouvais pas tout dire, et j'ai dû me borner. Encore un mot pourtant.

Le soir, après dîner, sur les sept heures, nous nous asseyions sur un banc, et avant de rentrer nous jouissions du spectacle animé que présente toujours le boulevard Montmartre. Devant nous, sur la chaussée, se croisaient en tous sens les véhicules les plus divers, le chariot de commerce et le lourd omnibus qui roule sans cesse de la Madeleine à la Bastille; l'équipage de maître, à l'allure fringante et rapide, et le fiacre modeste, au cheval moins fougueux, dont le pas alourdi trahissait la fatigue. Il n'était pourtant pas à la fin de sa journée, le malheureux! et il avait encore de longues heures à battre le pavé de son sabot meurtri, pour recommencer le lendemain dès l'aube, car le repos à Paris

sur la voie publique commence tard et finit tôt ; le tarif de jour est appliqué de six et sept heures du matin jusqu'à minuit et demi, et l'autorité, par cette fixa-
tion, semble avoir resserré entre ces deux limites la
nuit officielle. Nous admirions comment, sans se heur-
ter, peuvent circuler à des vitesses inégales tant de voitures ; six de front quelquefois occupaient le boulevard dans sa largeur. La fantaisie me vint de faire
un peu de statistique, et deux jours de suite je comp-
tai les véhicules qui passèrent devant moi pendant cinq
minutes, montre en main. J'en trouvai un soir 51, le
lendemain 72, et encore il était trop tard et trop tôt
pour que la circulation fût à sa plus grande puissance.

Nous regardions les habitués d'omnibus descendre
lestement de la voiture en marche, le pied droit en
avant, ou l'atteindre en courant, et grimper sur l'impériale avec la dextérité que donne l'expérience. De
temps en temps, nous assistions au désappointement
d'une personne qui, l'estomac vide, guettait le véhicule à six sous qui devait la ramener chez elle, et en
voyait passer, deux, trois, quatre, portant à l'arrière le
mot fatal : *Complet*. Ou bien encore, nous suivions
les manœuvres habiles auxquelles se livrait un provincial novice pour traverser la chaussée encombrée ; encore un talent, celui-là, une stratégie savante, qui a
bien sa valeur : plût au ciel que certains avocats n'en
eussent jamais fait d'autre ! A côté de notre banc s'al-

6..

longeait une station de voitures; nous voyions les fiacres
venir un à un se ranger à la file, et quand le nombre
voulu était atteint, nous entendions les démêlés des
cochers et des gardiens de la paix, les uns louvoyant
avec adresse pour attendre, sans avoir l'air de s'arrêter,
qu'une place devînt libre, les autres renvoyant impitoyablement les retardataires.

Derrière nous, sur le trottoir, circulait une foule af-
fairée, suivant la ligne des boulevards ou débouchant
des rues Vivienne et Montmartre, des passages Jouffroy et des Panoramas, et je me rappelais le conseil
prudent du vieux et vénéré parent qui, n'étant jamais
allé à Paris, et s'exagérant les périls qu'y court dans
la bagarre la bourse des passants, recommandait surtout à Louis de prendre garde aux filous. Pauvre petit! ils lui auraient volé jusqu'à sa chemise, s'ils avaient
voulu. Devant les cafés, des dîneurs rassasiés savou-
raient leur demi-tasse; d'autres, plus attardés, s'ou-
vraient l'appétit en buvant une absinthe. A deux pas,
le théâtre des Variétés avait déployé ses barrières, et
il y arrivait des couples plus ou moins authentiques,
des ménages parisiens plus ou moins légalisés. Plus
loin, les jours de représentation, la façade du nouvel
Opéra étincelait de mille feux. Dans les kiosques des
marchands de journaux s'offraient à la vente les feuilles
du soir, moins recherchées par ce temps de chômage
politique. Devant d'autres colonnes, pour ne rien omet-

tre, des gens pressés venaient accomplir une station devenue nécessaire.

Un matin, voulant faire mieux saisir aux enfants la physionomie des boulevards, je pris une voiture, et nous parcourûmes la longue avenue qui, ceinture magnifique aux couleurs variées, court de la Madeleine à la Bastille. Nous passâmes ainsi en revue les opulents quartiers qui s'étendent de la rue Royale au faubourg Poissonnière, leurs magasins luxueux, leurs somptueux cafés, leurs hôtels grandioses, leurs rues majestueuses, les monuments qui les décorent : ici la colonne Vendôme ; là la masse imposante, mais terriblement coûteuse, du nouvel Opéra ; puis nous atteignimes les boulevards, moins riches, mais non moins animés, qui à la suite des premiers se prolongent jusqu'à la Bastille ; les petits théâtres qui le soir sollicitent la foule, les bazars Bonne-Nouvelle et du Temple, les deux arcs-de-triomphe lourds et massifs que, sous les noms de portes Saint-Denis et Saint-Martin, traversent deux des plus longues artères de la vieille capitale ; entre eux, le boulevard Sébastopol, une des plus belles créations du Paris moderne ; plus loin, le Château-d'Eau et son large bassin, dont, malheureusement pour Louis, les lions, sans doute encore endormis à l'heure un peu matinale qu'il était, ne vomissaient pas leurs torrents habituels ; tout auprès, sur le vaste terre-plein, le marché aux fleurs ; en face, la caserne monumentale, à droite et à gauche de laquelle, à perte de vue, les avenues de Magenta et du Prince-Eugène ; la place de la Bastille enfin, la colonne de Juillet, que se sont bien gardés de déboulonner les émules de Courbet, protégée qu'elle était à leurs yeux par son origine insurrectionnelle et par le génie de la Liberté qui la couronne, plus sacré pour ces grands citoyens que la statue du capitaine illustre qui se dressait au-dessus de la place Vendôme ; en même temps, d'un côté la rue, de l'autre le faubourg Saint-Antoine, encore un nom qui rappelle des souvenirs sinistres, et couvrant de ses parterres et de ses squares les voûtes du canal Saint-Martin, le boulevard Richard-Lenoir.

Un soir, une autre promenade nous conduisit dans un autre quartier : par la rue de Rivoli, nous atteignîmes la place de la Concorde, pour que les enfants eussent le coup d'œil à la lueur du gaz, comme ils l'avaient eu dans le jour, des larges chaussées sillonnées de voitures, des fontaines monumentales, du vieil obélisque, puis des Champs-Élysées et de leurs cafés-concerts, avec leurs cordons de lumières scintillant à travers le feuillage, et nous revînmes par les boulevards inondés de clarté.

Un jour, puisque dans ce chapitre innommé c'est un peu notre vie à Paris que je raconte, profitant d'un bon à prix réduit que le *Journal du Loiret* a offert à ses abonnés vers le mois d'avril dernier, nous nous rendîmes à la photographie de la presse artistique, rue Montmartre, 123. Nous allions un peu avec défiance, je l'avoue. Nous savions bien d'avance, il est vrai, que notre digne *Loiret* est incapable de rien faire comme de rien dire qui ne soit pas parfaitement sérieux ; mais enfin, que voulez-vous ? la réclame est si ingénieuse, et tout ce qui porte le nom de prime est si mal famé ! Point du tout cependant, et de pareils soupçons ne pouvaient germer que dans des esprits mal faits comme les nôtres, comme le mien, veux-je dire ; nous trouvâmes dans le directeur de l'atelier, M. Bérot, un homme aimable, distingué, qui nous fit un gracieux accueil, et pour nos dix francs nous eûmes deux portraits fort convenablement réussis. Que notre excellent journal nous pardonne donc nos préventions injustes ; c'est une très-bonne idée qu'il a eue là, avec bien d'autres ; nous ne pouvons que l'en féliciter et lui demander de servir souvent à ses abonnés de semblables surprises.

Un autre jour, nous eûmes la main moins heureuse. En quête d'un déjeûner, nous avisâmes, boulevard Montmartre, un établissement de bouillon, non Duval. La cuisine n'y était ni meilleure ni moins bonne qu'ailleurs ; mais le service était fait par des jeunes filles qui, peu propres au physique, l'étaient encore moins au moral, car elles se donnaient à haute et intelligible voix, ô horreur ! pour le lendemain dimanche, des rendez-vous avec les consommateurs. Cela se fait souvent ;

mais, du moins, on parle tout bas. Nous n'y revînmes point, bien entendu, et je classai soigneusement ce repas dans mes souvenirs culinaires, à côté de l'omelette de Saint-Malo, l'an dernier. N'y entrez pas non plus, lecteurs qui vous respectez : allez bien plutôt, si le cœur vous en dit, même boulevard, à un autre bouillon, Duval celui-là, excellent et servi par des hommes ; mais ne vous attardez pas, car passé six heures, vous aurez peine à y trouver place. C'est quelque chose, en effet, de très-commode que ces établissements pour quiconque sait compter. On vous donne en entrant une carte que vous devrez faire acquitter et remettre en sortant ; tous les prix y sont indiqués, modérés et honnêtes. Par exemple, on ne vous fera payer que 10 sous, au lieu de vous la compter, comme dans certain restaurant de la rue Favart que je vous recommande... pour n'y pas aller, de 15 à 25 sous, suivant la grosseur, la pêche que l'on crie à 4 sous dans la rue, et ainsi du reste. Au fur et à mesure qu'un objet vous est apporté, il est inscrit : vous savez donc toujours où vous en êtes ; vous réglez au besoin là-dessus votre consommation, et si l'addition n'atteint pas le chiffre prévu à votre budget de père de famille, et que vous n'aimiez pas les virements de crédits, vous pouvez vous offrir un extra au dessert.

Ainsi remplies, les journées passèrent vite ; nous fûmes d'ailleurs favorisés par le temps, qui se main-

tint au beau, sauf pendant une matinée pluvieuse ; et
encore cette circonstance nous servit-elle, en nous
faisant voir un peu ce qu'est Paris un jour de pluie, et
quelle est alors la physionomie des passages, dans lesquels se réfugie la foule. Seul le cher petit Louis,
trop jeune pour s'intéresser à tout ce qu'il voyait, re-
grettait ses jeux habituels et ses amis absents. Nous
rencontrâmes, du reste, à peine quelques figures de
connaissance : deux fois Edmond aperçut de loin sur
le boulevard un de ses meilleurs condisciples ; un
jour, en voiture, je fus salué par un ancien avoué
d'appel d'Orléans, qui aujourd'hui réside à Paris. Mais
nous fûmes assez heureux pour rencontrer au Palais-
Royal un ami de pension, que je me proposais bien
d'aller voir d'ailleurs : marcheur intrépide, il eut
l'amabilité de venir à deux reprises différentes nous
trouver à l'hôtel ; et un soir, malgré la distance qui
du passage Jouffroy le séparait du quartier Montparnasse où il habite, pendant une heure qui me sembla
trop courte, il nous fut donné, tout en devisant des
années présentes, d'évoquer ensemble l'ombre d'un
passé déjà bien loin de nous. Je ne cherchai pas à
rendre à cet excellent ami sa visite, à peu près certain que j'étais de ne pouvoir le joindre ; mais qu'il
reçoive ici l'expression de ma gratitude pour son empressement cordial, et que dans ces lignes, que je
serai heureux de lui offrir, pour faire suite à leurs

aînées, il voie un nouveau témoignage de mes plus
affectueux souvenirs.

Bientôt arriva le moment de songer au retour. Mais
reviendrais-je directement à Orléans avec les miens ?
ou bien les laisserais-je partir seuls, et m'en irais-je,
dans le nord de la France et en Belgique, réaliser un
projet de voyage que j'avais conçu dans ces riches
contrées ? Cette excursion, je l'avoue, me souriait
beaucoup. En même temps que j'aurais rencontré, semés sur mon passage, des villes imposantes, de magnifiques monuments, de précieuses collections artistiques, j'aurais trouvé là des éléments tout préparés
pour un récit facile. Mais je me souvenais encore
du désir impatient de revoir ceux des miens dont
j'étais séparé, qui, il y a deux ans, malgré le bien
cher compagnon de voyage que j'avais alors, m'avait
fait m'envoler à tire d'aile de Luchon à Vichy. Je
n'avais pas oublié la nostalgie qui l'année dernière
m'avait saisi en Bretagne. Je craignis qu'après les huit
jours excellents que je venais de passer à Paris en famille, l'isolement ne me fût plus pénible que jamais,
dans un pays surtout où je n'aurais pas pour faire di-
version des sites variés et pittoresques, la mer et son
immensité, les montagnes et leurs aspects sublimes.
Je songeai que les villes que je traverserais me parai-
traient moins remarquables quand je devrais les parcourir tout seul ; que les monuments que j'aurais à

visiter, les chefs-d'œuvre devant lesquels je m'arrêterais
me sembleraient moins beaux, du moment qu'il me
faudrait les admirer tout bas ; que dans cette disposition d'esprit, le moindre malaise qui m'atteindrait me
trouverait sans défense ; je me dis enfin que j'écrirais
ce que je pourrais, qu'au besoin, ce qui serait sans
doute beaucoup plus sage, je n'écrirais rien du tout.
Et après en avoir ainsi délibéré, comme nous disons
au palais, je rendis ma sentence : elle portait qu'il ne
serait plus question du voyage en Belgique, et pour
en assurer l'exécution d'urgence, pour prévenir, de la
part de *l'autre*, comme dit Xavier de Maistre, toute
velléité d'appel contre un jugement plus de raison que
de conviction, ordre fut donné de préparer et de bou-
cler les malles.

Il en fut donc de ce projet comme d'une journée
que je m'étais proposé d'aller passer à Fontainebleau,
pour montrer aux miens cette splendide résidence, ses
eaux magnifiques, sa forêt pittoresque ; comme aussi
d'un voyage qu'en souvenir de l'accueil empressé que
nous y avions reçu l'an dernier, nous nous étions en-
gagés à renouveler cette année dans le Perche ; une
autre fois, nous l'espérons bien, il nous sera donné de
nous acquitter de notre promesse ; comme enfin d'une
autre excursion, toute d'amitié encore celle-là, à laquelle me conviait depuis longtemps une cordiale in-
vitation. Que l'aimable collègue qui de son parquet de

Romorantin préside aux destinées judiciaires de la
logne veuille bien me pardonner de lui avoir manqué
de parole : sur les bords qu'arrose la Sauldre, ou
mieux encore dans quelque siége plus important, auquel ne tardera pas beaucoup à l'appeler, je l'espère,
la confiance de nos chefs communs, je tâcherai de le
dédommager.

Nous revînmes donc ensemble à Orléans, le samedi
11 septembre; nous prîmes, trois jours après, pour
deux semaines, nos quartiers d'automne à la campagne,
dans la famille qui par alliance est devenue la mienne.
Là je me mis à l'ouvrage, et consacrant au travail
les heures qui m'étaient laissées libres par les devoirs
que j'avais à rendre à une affectueuse hospitalité,
j'écrivis ces quelques pages, sous la dictée souvent
imparfaite, mais toujours fidèle, de mes impressions
et de mes souvenirs.

28 septembre 1875.

www.ingramcontent.com/pod-product-compliance
Lightning Source LLC
Chambersburg PA
CBHW060845250626
47162CB00005B/2163